Índice

Introducción

Datos biográficos

Juan Eugenio Hartzenbusch Martínez nació en Madrid el 6 de septiembre de 1806. Su padre, Santiago, era hijo de un campesino de Schwadorf, Alemania, de donde había salido a los diecinueve años para seguir a su hermano Juan, que se encontraba en España trabajando de carpintero y ebanista, oficio que Santiago aprendió. En Madrid se casó con María Josefa Martínez Calleja, hija de un labrador de Valparaíso de Abajo (Cuenca). Cuando Juan Eugenio contaba apenas dos años, su madre dio a luz a otro niño, muriendo dos semanas después en circunstancias trágicas.

Juan Eugenio no quiso entrar en el seminario, cosa que deseaba su padre. Estudió francés, italiano, latín y griego con un anciano jesuita, y dos años de filosofía en San Isidro el Real de Madrid. Viéndose obligado a trabajar en la carpintería de su padre, por otro lado seguía estudiando idiomas y leyendo obras de teatro. Por casualidad cayó en sus manos un tratado de métrica del Padre Losada. En 1821, en ausencia de su padre, a quien no interesaban las artes, los dos hermanos asistieron al teatro por primera vez, maravillosa experiencia que impulsó su interés por esta expresión artística. Juan Eugenio empezó a traducir obras francesas e italianas, a adaptar otras alemanas y de los clásicos españoles, unas en verso, otras en prosa, añadiendo y quitando a su manera. Con su hermano y un grupo de amigos llegó a representar alguna de esas adaptaciones en una casa particular. Una de las jóvenes del grupo, María Morgue, vino a ser la esposa de Hartzenbusch en abril de 1830. En junio del mismo año murió su padre.

En 1831 Juan Eugenio estudiaba taquigrafía, lo que le valió un puesto en las Cortes, donde con otros tomaba notas y transcribía discursos. Según Antonio Ferrer del Río, que trabajaba con él, Hartzenbusch era un tanto misterioso, estudioso, puntual, con capa azul y paraguas si el tiempo estaba inseguro, aseado, pobremente vestido, poco comunicativo; añade que no tomaba todas las notas que podía, eliminando mucho pero sin cambiar el sentido. Dedicándose al mismo tiempo al periodismo se movía lentamente hacia el mundo de las letras que tanto le atraía. La precaria salud de su mujer no resistió mucho tiempo y falleció en 1836, sin alcanzar a ver el éxito que obtuvo Juan Eugenio cuando en enero de 1837 estrenó su obra más famosa, *Los Amantes de Teruel,* muy bien recibida y aplaudida por muchos de sus contemporáneos y cuya fama persiste en nuestros días. El éxito le colocó en seguida a la cabeza de los autores románticos, brindándole la oportunidad de publicar lo que quisiera, incentivo que le llevó por varios derroteros. En 1838 contrajo segundas nupcias con Salvadora Hiriart, varios años mayor que él, viuda con cinco hijos. En 1840 nació Eugenio Maximino, único hijo de Hartzenbusch, y que permaneció soltero toda su vida.

Más obras dramáticas y otras publicaciones se sucedieron, unas con éxito, otras sin él. En 1844 Hartzenbusch era oficial primero de la Biblioteca Nacional de Madrid, donde encontró un verdadero caudal de libros y manuscritos para sus investigaciones sobre el teatro. En 1847 era Académico de la Lengua tras haber cambiado las reglas para acceder a tal honor. En 1855 era director de la Escuela Normal de Instrucción Primaria; para entonces había publicado fábulas y proseguía sus otras actividades literarias. La culminación de su carrera llegó en 1862, cuando a la muerte de su amigo Agustín Durán ocupó Hartzenbusch el puesto que aquél dejó vacante como director de la Biblioteca Nacional.

Emilio Castelar le describe en su edad avanzada como enjuto, de pequeña estatura, rubicundo, con pelo blanco, miope, alerta, nervioso, de costumbres sencillas, afable, humilde y sensible, de pensamiento alto y voluntad enérgica.

La muerte de su segunda esposa en 1867 fue un golpe muy duro, pero continuó trabajando hasta jubilarse en 1875. Su última obra lleva fecha de 1874. Hartzenbusch falleció en Madrid el 2 de agosto de 1880.

La obra de Hartzenbusch

Difíciles de clasificar y mucho más de poner por orden cronológico, puesto que trabajaba en varias tareas al mismo tiempo, los escritos de Hartzenbusch se encuentran desperdigados por muchas partes, sin que existan obras completas. Además, Hartzenbusch revisaba sus obras repetidas veces, incluso una vez publicadas, y es imposible conocer cuál era la versión satisfactoria en su opinión, razón por la que algunas de sus piezas teatrales difieren grandemente de unas ediciones a otras. *Los Amantes de Teruel* está dentro de esta categoría, puesto que de las muchas ediciones que existen algunas varían tan sólo un año si nos atenemos a la fecha, pero la obra en sí puede haber sufrido alteraciones que únicamente se aprecian al cotejar varios textos, lo cual no contribuye nada a la hora de establecer un texto definitivo.

Su hijo Eugenio Maximino compiló una extensa bibliografía que es preciso consultar para tener idea clara de la producción literaria y artística de Hartzenbusch, pero en su afán de anotar todo cuanto a su padre atañía puso en su lista cuanto cayó en sus manos, tanto si las obras catalogadas fueron impresas o no, como si se trataba de un papel con notas, obras o fragmentos de ellas que no se representaron ni imprimieron, adaptaciones, traducciones, imitaciones, obras escritas en colaboración con otros autores, artículos aparecidos en numerosas publicaciones periódicas, prólogos, discursos, proyectos, además de apuntar fechas y números de tomo, sobre todo en lo que atañe a las ediciones de nuestros clásicos, que no corresponden a la realidad, por tanto, aun siendo muy completa resulta dudosa y difícilmente fiable.

Hasta las antologías más completas incluyen solamente ciertos títulos, algunos con revisiones sin fin, lo cual hace imposible anotar todas las ediciones, por resultar repetitivo y no arrojar mucha luz acerca de su manera de escribir. En cuanto a las adaptaciones, traducciones e imitaciones, sería necesario leer la obra en la lengua original, a fin de comprobar los cambios hechos por Hartzenbusch; en ese aspecto nuestro autor da, a veces, toda clase de explicaciones o pone notas, mientras que en otros casos no dice una sola palabra respecto de la fuente, como ocurre con *Los Amantes de Teruel.* Así pues, sus colecciones más importantes son, por orden genérico y cronológico seguido en la medida de lo posible (véase además la bibliografía):

1843 *Ensayos poéticos y artículos en prosa, literarios y de costumbres.* Contiene veinte poesías, treinta fábulas adaptadas de Lessing, cuatro artículos de crítica literaria y once costumbristas, que más bien parecen cuentos.

1850 *Obras escogidas,* con las últimas revisiones del autor; prólogo de Eugenio de Ochoa; aunque solamente aparecen las iniciales. El citado prólogo es lo más interesante de esta colección, puesto que todo cuanto contiene esta edición se encuentra en otras.

1863 *Obras escogidas,* edición alemana dirigida por el autor. En dos tomos encuadernados juntos, con prólogo de Antonio Ferrer del Río [1], el primero contiene nueve cuentos, vocabulario antiguo, cincuenta fábulas, doce poesías y dos obras de teatro; el segundo cinco obras.

1887 *Obras,* en colección de escritores castellanos líricos, con prólogo, biografía y juicio crítico de Aureliano Fernández Guerra. En cinco tomos, el primero contiene poesía, el segundo fábulas, los tres restantes teatro.

Aunque parezca dar un paso atrás, para mayor claridad las ediciones de clásicos van juntas: 1839-43, *Teatro escogido de Fray Gabriel Téllez (Tirso de Molina),* en doce tomos; 1848-50, *Comedias de don Pedro Calderón de la Barca,* en cuatro tomos; 1850, *Comedias escogidas de Fray Gabriel Téllez* [2]; 1850, *Comedias de don Juan Ruiz de Alarcón y Mendoza;* 1853-57 [3], *Comedias de Fray Lope Félix de Vega Carpio,* en cuatro tomos; 1863, *El ingenioso hidalgo don Quijote de la Mancha,* de Cervantes, y en 1874, *Las 1.633 notas...* puestas a la primera edición del *Quijote.*

---

[1] Su *Galería de la literatura* contiene bosquejos y semblanzas de sus contemporáneos, con información que es difícil encontrar en otras partes. Tanto la colección con prólogo de Ferrer del Río como la anterior y la que sigue, aunque informativas son algo deficientes acerca de los datos biográficos de Hartzenbusch, que se han de reunir consultando varias fuentes. La mejor es la de Theodor Heinermann en un libro que no se basa totalmente en nuestro autor. Véase la bibliografía.

[2] Eugenio Maximino Hartzenbusch apunta una edición de las obras de Tirso de Molina en 1848, pero ni la Biblioteca Nacional de Madrid posee tal colección. La más antigua que hemos podido encontrar tiene por fecha 1850.

[3] Aunque se citan estas fechas Hartzenbusch confiesa haber trabajado en las obras de Lope de 1853 a 1860.

Hartzenbusch tenía gran facilidad de versificación, y aparte de numerosas obras de circunstancias, su producción lírica toca temas diversos: la guerra de África, leyendas, los clásicos, la ingratitud humana, a la reina, nostalgia; «La casa de la madre», en que describe cómo, siendo niño, al ver a una Dolorosa en la iglesia la confundió con su madre muerta, es una de las más logradas [4].

Las fábulas adaptadas de Lessing han salido de las manos de Hartzenbusch un tanto enmendadas. Su mayor interés parece ser traducir por el gusto de hacerlo, de colecciones francesas, de autores alemanes y sobre todo de Lessing. En este último caso observa Hartzenbucsh que sus fábulas difieren de las de otros en que la moraleja está ahí para que la adivine el lector, puesto que si se señala sirve para una sola vez, mientras que omitiéndola se puede utilizar muchas veces. Esta críptica manera de escribir resulta a veces un jeroglífico que incluso el propio traductor se ve obligado a explicar por medio de notas, no siempre adecuadas ni claras. Otras veces, en un castellano escueto y expresivo, la moraleja es muy clara, pero esto suele ocurrir en fábulas de origen no identificado; no faltan tampoco fábulas cuya lección es de dudoso valor.

En las narraciones cortas abundan los nombres despectivos o ridículos aplicados a personajes españoles, humor forzado, juegos de palabras utilizando nombres propios, desprecio por el provinciano, jactancia de ser de la capital, y sobre todo se destaca el afán de Hartzenbusch de considerarse alemán, buscando sus raíces alemanas por todas partes, a pesar de que en la familia de su madre había antecedentes literarios y eruditos [5]. En las que van

[4] Esta poesía revela además el origen del catolicismo de Hartzenbusch.

[5] En *La reina sin nombre,* crónica visigótica del siglo VII, como

escritas en castellano antiguo suele añadir un vocabulario para facilitar su comprensión. Los artículos de costumbres siguen la misma pauta. Discursos para el Ateneo y algún prólogo tratan el asunto impuesto, ya sea teatro o encomio de un escritor. Artículos y prólogos, además de escritos varios, se encuentran en diversas publicaciones de la época como *El Español, La Iberia, La Constitución, El Laberinto, Semanario Pintoresco Español,* y otros. Otras colecciones que anota Eugenio Maximino Hartzenbusch cubren este mismo material de una forma u otra, con variaciones acerca de las versiones de una misma obra de teatro.

La obra dramática de Hartzenbusch

Sus obras de teatro no incluidas en las *Obras escogidas* se encuentran en la colección *Teatro Español* y alguna otra compiladas por orden alfabético de autor y obra dentro de ese orden. Debido a la variedad de escritos de nuestro autor y la dificultad que plantea clasificarlos por orden cronológico, daremos una idea de sus obras según los temas que toca, pero con observaciones generales acerca de la manera de escribir de Hartzenbusch. Muchas de sus obras están plagadas de huecos, contradicciones, cabos sueltos, situaciones sin resolver, libertades históricas, verdaderas legiones de elementos que no aportan nada al argumento, cuando, por otro lado, se echan de menos detalles o información necesarios para que haya coherencia. A veces una situación determinada despierta el interés del espectador, pero se pierde cuando el autor mueve a sus personajes en tantas direcciones que resulta imposible saber qué ocurre. Estas deficiencias se deben al escaso sentido dramático del autor. Por eso en obras de ambiente histórico tiende a dar más detalles de los necesarios para lo que concretamente se escenifica, y omite otros de valor esencial. De ahí salta Hartzenbusch a

---

la clasifica Hartzenbusch, nombra a su tío abuelo el presbítero Julián Antonio Martínez, cuyas notas dice haber utilizado.

poner notas, que van desde recomendar al actor que elimine ciertos versos en la representación, sin decir por qué, hasta dar explicaciones históricas que de nada sirven a un espectador que no las puede leer. Otras explican vocablos que el autor pone en boca de rústicos, personajes que fingen ser ignorantes, o simplemente palabras ordinarias. *Un sí y un no* contiene 26 notas esparcidas por todo el texto; *El mal apóstol y el buen ladrón* lleva una lista de las nueve palabras hebreas que designan el nombre de Dios, y su significado; en *La ley de raza* hay 14 notas al final acerca de nombres, costumbres y datos históricos más o menos reales o imaginarios de tiempos de la dominación visigótica. En *La jura en Santa Gadea* hay 13 notas parecidas acerca del Cid y su época.

Buen ejemplo de lo antedicho es *Floresinda,* la primera obra escrita, adaptada por Hartzenbusch y representada en privado. Se trata de una traducción y versión libre de *Adelaide Duguesclin,* de Voltaire, hecha en 1827 con otro título y personajes distintos, retocada en 1830. Las variaciones del original se supone que obedecen a que las obras de Voltaire estaban entonces prohibidas en España, y a que era la primera obra que Hartzenbusch escribía en verso. Según Ochoa, no sabiendo bien lo que hacía el novel autor, tomó como modelo *Abufar,* de Ducis, una traducción anterior de Dionisio Solís que no había sido bien recibida por el público. Atendiendo a la prohibición de Voltaire trasladó la acción a España y a la época del rey don Pedro, dejándola irreconocible hasta para su autor primero, pero respetó los tipos y el léxico de los caballeros franceses del siglo XV, tal como los concibió Voltaire. Más tarde, intentando sacar su obra a luz, la revisó y trasladó al siglo VII, haciendo aún más impropias las ideas y emociones de un filósofo francés del siglo XVIII en época del rey Wamba. La obra fue rechazada por los teatros de Madrid [6].

La importancia de *Floresinda* reside en que en ella

---

[6] Eugenio de Ochoa en su prólogo a las *Obras escogidas* de Hartzenbusch, edición de París, 1850.

ensayó Hartzenbusch su arte, aunque a ciegas. Convencido de que lo que su numen le dictaba era lo único válido, sus revisiones de esta obra seguían su intuición o capricho del momento, quitando y poniendo, complicando la acción hasta no dejar huella del original, sin mejorarlo. Un conflicto extranjero escrito por un francés del siglo XVIII, cuya obra fue prohibida tras la invasión napoleónica, complicado para satisfacer al público según juicio de Hartzenbusch, pero conservando las ideas y expresiones de la obra original, no ganó nada transportado a tiempos visigóticos.

La primera obra que estrenó en un teatro comercial fue *El amo criado,* adaptación de la obra del mismo título de Francisco de Rojas, estrenada (sin fecha) en el teatro Príncipe de Madrid y en el de la Cruz en abril de 1829. Considerando que la original consta de dos actos, es difícil creer que esta llamada «refundición» sea en cinco, pero así es. La graciosa trama de Rojas se complica sin gracia en manos de Hartzenbusch, que a su vez elimina información vital para el espectador y mata su interés cuando encuentra el hilo muy difícil de seguir. Las refundiciones de otras doce obras adolecen del mismo mal.

Las adaptaciones de temas extranjeros, ya alemanes, ya franceses, siguen la misma pauta: conflictos provocados por la maldad, codicia o falta de escrúpulos de algún personaje, situaciones poco naturales y a veces totalmente extrañas a las costumbres de un país, se ven transportadas a escenarios españoles para darles aire de verosimilitud.

Las obras de magia, copiadas y originales, requieren una serie de trucos materialmente imposibles de realizar en el teatro, y están llenas de un humor forzado que no ayuda a su triunfo. Humor frustrado encontramos también en varias obras en que Hartzenbusch se ceba en personajes o tipos mezquinos y apocados, los cuales suelen tener nombres disonantes y feos. El autor tiene buen cuidado de colocar a sus Tiburcios, Turuleques y Críspulas en obras de ambiente español, nunca extranjero. Las piezas escritas en colaboración con otros escritores acusan otra mano, tan mezclada con la de Hartzenbusch que no es posible averiguar quién escribió qué parte.

Tras *Floresinda* vinieron otras obras ambientadas en la época de los godos, con nombres de la época y variaciones en la historia que van de cambiar el parentesco de madre e hijo a marido y mujer [7], puesto que el autor cree que es así y no como dicen los libros de historia, aunque luego pruebe lo contrario, a tejer intrigas y rencores que a sus ojos justifiquen una muerte perfectamente explicada en crónicas y libros. Los anacronismos y libertades que se toma en estas obras son notables. Las notas que acompañan a algunas obras son un dudoso alarde de erudición, ya que el público no tiene acceso a ellas. Si el autor quería afirmar o aclarar algo el lugar apropiado era desde el escenario, por boca de un personaje.

Entre las obras de tema histórico destacan: *Las hijas de Gracián Ramírez o la restauración de Madrid,* basada en la leyenda de Nuestra Señora de Atocha, pero suprimiendo el milagro [8]; silbada por el público no llegó a imprimirse. *Doña Mencía, o la boda en la Inquisición,* obra en que se barajan incesto, herejía y la perversidad de una mujer, no sale mejor parada cuando el autor, lejos de retratar la Inquisición, saca los trapos sucios de una familia que aparte de mostrar gran soberbia, infidelidad por parte de algunos de sus miembros y otras lindezas, resulta tener personajes peruanos y mejicanos del siglo XVII de origen español, que son herejes, luteranos y van a vivir a España. En *Alfonso el Casto* se teje una maraña que incluye subterfugios para hacer confesar al rey su amor incestuoso por su hermana, según Hartzenbusch, y complicaciones sin fin. La obra sobre el Cid,

[7] En *La ley de raza* pone a Reciberga, mujer de Chindasvinto, como esposa de Recesvinto, su hijo. Por no gustarle el nombre de la reina lo cambia a Heriberta, con lo cual no parece haber ganado mucho. Además escribe Chindasvinto con Q.

[8] Degolladas por los moros la mujer y las hijas de Gracián Ramírez, éste las encontró orando ante la Virgen de Atocha sin más daño que una raya roja en el cuello.

por ejemplo, sigue más la versión francesa que la gesta.

En *El mal apóstol y el buen ladrón,* obra escrita para cuaresma y su culminación en Semana Santa y Pascua, no aparece Jesucristo. Dimas se nos presenta como un forajido, a Judas se le levantan falsos testimonios para mejor condenarle, y a Procla, esposa de Poncio Pilatos, la vemos emparentada con Séneca [9].

Heliodora o el amor enamorado es la obra póstuma de Hartzenbusch, zarzuela mitológica burlesca con música de Emilio Arrieta, revisada porque era imposible de representar, de trama muy complicada y con transformaciones y exigencias escénicas tan grandes como las de las obras de magia.

Hartzenbusch y los clásicos

Tirso de Molina, 1839-42. Esta colección fue iniciada para llenar un hueco, ya que criticaba la edición de Vicente García de la Huerta como pequeña. Sólo le satisfacía una empezada por Agustín Durán, que no continuó. Como en ésta constaban obras de Tirso, Hartzenbusch decidió publicar 36 de sus obras, lo cual hizo en 12 tomos, prometiendo enderezar entuertos y limpiarlas de malas lecturas.

Lo malo es que apenas hay notas, casi todas ellas muy elementales y aun superfluas; tras el texto hay una evaluación de cada obra.

Una de las excluidas es *Los Amantes de Teruel,* de la que dice que Pérez de Montalbán copió la atribuida a Tirso, y que Andrés Rey de Artieda escribió una anterior a la que él llama «anónima». Menciona otras obras sobre el tema, pero sólo indica que se valió de la «anónima» de Tirso y la de Montalbán para componer la suya del mismo título. Lo curioso es que en dicha obra

---

[9] Dimas aun desde la cruz mata a varias personas, Judas mató a su padre para casarse con su madre, y Procla llama a Séneca su pariente español.

se guardó muy bien de nombrar antecedentes de ninguna clase.

En 1848, según bibliografía de su hijo [10], publicó Hartzenbusch otra colección de obras de Tirso de Molina, para la Biblioteca de Autores Españoles, tomo V. Reconociendo que habrá quien le critique por enmendar a los clásicos explica que es restauración lo que hace, en bien del *lector.* Ninguno de los títulos anteriores debe ir en esta nueva colección, y sí tres excluidos antes, uno de ellos *Los Amantes de Teruel.*

Entre otras cosas dignas de mención, pero que no tienen cabida en este libro, incluyendo aseveraciones erróneas, publica *Los Amantes de Teruel* porque no falta quien no dude que sea de Tirso; como escondiendo algo que no se puede precisar, afirma que el texto va tal como lo encontró, lleno de faltas, y así lo transcribe, pero sin una palabra sobre haber utilizado dicho texto como hizo la vez anterior de pasada, cuando creía que el autor era anónimo. Las notas referentes a esta edición van de una sola en *Palabras y plumas* a diez en una página de *Los Amantes de Teruel,* y éstas únicamente para buscar faltas, según lo prometido. Dice no haber cambiado la puntuación, que critica constantemente, y que éste es un texto modelo de cómo encontró muchas obras de Tirso.

A Tirso siguen las comedias de Pedro Calderón de la Barca también para Biblioteca de Autores Españoles, en cuatro tomos, 1848-1850. El primero, número 7, empieza con un panegírico a Calderón que pronto se convierte en crítica por no respetar las unidades, excepto la de acción. Sigue una especie de defensa de encontrar defectos, errores y mala versificación. Se queja de saltos geográficos, colocar ciudades donde no están, anacronismos e inexactitudes históricas.

Las comedias de Juan Ruiz de Alarcón y Mendoza ocupan el tomo XX de la misma colección, impreso en 1852. Aquí trata Hartzenbusch de establecer la cronología basándose en quiénes aparecen, sobre todo los

---

[10] Véase nota 2.

reyes, como si no pudieran ser personajes en otro tiempo. Dice que apenas se sabe nada de Ruiz de Alarcón fuera de las poesías y otros escritos en que se ridiculiza su aspecto físico, luego la biografía está basada en conjeturas y no es de fiar [11].

Las comedias de Lope de Vega ocupan los tomos XXIV, XXXIV, XLI y LII. Cualquier bibliografía que dé otros números no se ajusta a la verdad. Según Hartzenbusch le tomó este trabajo de 1853 a 1860 [12]. Asegura que Lope escribió su primera comedia a los once años, dato sin valor porque no nos ofrece el título. Dice ser *El verdadero amante* la obra más antigua que se conoce de Lope, pero no es la primera. Ha modernizado la ortografía pero, según sus propias palabras, no quiere decir qué correcciones y cambios ha hecho [13].

En la Biblioteca de Autores Españoles y bajo los auspicios de Manuel Rivadeneyra, las obras completas de Cervantes vieron la luz en 1863. Hartzenbusch trabajó en tomos III, IV, V, y VI que son los que corresponden al *Quijote*. Sería prolijo enumerar los pasos en falso que dio aquí nuestro autor, desde traer a cuento a otro Miguel Cervantes bautizado con once años de diferencia a criticar a Cervantes por lo que él llama no haber corregido pruebas. Con el pretexto de que no se ha encontrado el manuscrito del *Quijote* Hartzenbusch supone que varias manos lo han retocado, que es lo que él piensa hacer. Las 1.032 notas fluctuan entre informativas, superfluas, absurdas y revelar baches de cultura.

No contento con esta reedición del *Quijote* Hartzenbusch volvió al tema en 1874 con sus 1.633 notas puestas a la primera edición del *Quijote*. No se sabe a qué edición pertenecen muchas de estas notas, pero es notorio

---

[11] Alva V. Ebersole ha publicado las obras de Ruiz de Alarcón, algunas más de una vez, y estudiado extensamente cuanto a él se refiere. Como es sabido, Ruiz de Alarcón era corcovado.

[12] Véase nota 3.

[13] BAE, tomo XXIV, página VIII del prólogo: «De la corrección del texto no debo tratar: el de varias comedias aparece alterado; algunas correcciones he hecho, muchas he omitido porque no veía clara la enmienda...»

que no consultó las 1.032 anteriores, puesto que aquí se desdice en ocasiones con la misma soberbia con que antes aseguró, equivocadamente, que era como él decía y no como Cervantes lo escribió.

Notas sobre el Romanticismo

El Romanticismo es demasiado conocido para intentar dar siquiera una descripción somera. Producto de los primeros años del siglo XIX y debido a muchas causas como cualquier movimiento de evolución, sus aspectos político y artístico fueron los más notables. Resulta un tanto pueril tratar de relacionar el gobierno opresor de Fernando VII con todo cuanto se imprimía entonces, desde artículos y editoriales a poesías, obras de teatro y novelas, tratando de establecer un pensamiento colectivo a todas luces imposible. El mayor efecto a este respecto podría ejercerlo la censura gubernamental, palabra y concepto que hacen desconfiar y promueven rebelión y protesta, tanto en individuos dedicados a la política como en los neutrales. Si los críticos han llegado a ver visos políticos en *Hernani,* de Víctor Hugo, buscando puntos de contacto entre las circunstancias históricas y el héroe de dicha obra, no es difícil que se busquen en cualquier obra de arte. En una época en que gran parte de la producción dramática se basaba en leyendas, episodios históricos y, en general, temas del pasado, una nota discordante podría ser interpretada como le pareciera al crítico del momento, especialmente si era adicto al régimen.

La teoría de que el movimiento romántico vino a España importado de Francia con los exiliados políticos que regresaban a la patria es, en parte, discutible. En el Romanticismo europeo se utilizan temas y tradiciones españolas en gran cantidad de novelas, óperas y obras dramáticas.

La ópera italiana, de tanta influencia en la época, fue importada por los Borbones, y es sabida la relación de la música italiana con la española desde principios del siglo XV [14]. Por otro lado, no hay que olvidar el frecuente empleo de la música en las obras de Lope, Tirso, Cervantes, Calderón, etc.

En cuanto a las características del drama romántico, tenemos: ruptura con el espíritu de la Ilustración. Reconocimiento de la importancia del individuo. Utilización de figuras y temas históricos, así como de leyendas y folklore popular. Recursos escénicos como la introducción de personajes secundarios (mensajeros, criados, etc.) que ponen al espectador en antecedentes de la acción, y las escenografías complicadas y efectistas, ya se habían utilizado en el teatro español del Siglo de Oro.

Según Juan Alcina Franch el gusto del público ya iba evolucionando antes de la invasión del Romanticismo de cuño francés hacia la representación directa de conflictos pasionales intensos, en pugna con el deber y las convenciones sociales, llevando el autor a sus personajes a situaciones límite entretejidas en una larga y complicada intriga. La exageración de una situación dramática que se hacía acabar en tragedia para uno o más protagonistas, y la tendencia a vivir literalmente tales conflictos da pie a una de las inspiradas páginas de Ramón de Mesonero Romanos en sus *Escenas matritenses,* donde describe al romántico en la persona de un sobrino imaginario. El romanticismo aplicado empezaba en el tocador a fin de conseguir el aspecto físico deseado (gótico, ojival, piramidal y emblemático), y nuestro hombre hace sus investigaciones hasta dar con él:

---

[14] Eduardo Rincón en su prólogo a *La ópera española y la música dramática en España en el siglo XIX,* de Antonio Peña y Goñi, afirma que los músicos españoles, lejos de combatir la ópera italiana permitieron que floreciera junto a su propia música y a veces la copiaron. También señala que los españoles hicieron caso omiso de su historia reciente, desperdiciando los modelos que dejó Goya en sus cuadros, mirando a tiempos más antiguos, resucitando virtudes y leyendas pasadas de moda.

> Quedó, pues, reducido todo el atavío de su persona a un estrecho pantalón, que designaba la musculatura pronunciada de aquellas piernas; una levitilla de menguada faldamenta y abrochada tenazmente hasta la nuez de la garganta; un pañuelo negro descuidadamente añudado en torno de ésta, y un sombrero de misteriosa forma, fuertemente introducido hasta la ceja izquierda. Por bajo de él descolgábanse de entrambos lados de la cabeza dos guedejas de pelo negro y barnizado, que, formando un doble bucle convexo, se introducían por bajo de las orejas, haciendo desaparecer éstas de la vista del espectador; las patillas, la barba y el bigote, formando una continuación de aquella espesura, daban con dificultad permiso para blanquear a dos mejillas lívidas, dos labios mortecinos, una afilada nariz, dos ojos grandes, negros, y de mirar sombrío, una frente triangular y fatídica..., y acontecióme más de una ocasión el ir a hablarle por la espalda, creyendo verle de frente, o darle una palmada en el pecho, juzgando dársela en el lomo [15].

Claro que una obra de teatro escrita por él no podía menos de ser como indica Mesonero Romanos:

> Drama romántico natural Emblemático-sublime, Anónimo, sinónimo, tétrico y espasmódico original, en diferentes prosas y versos, en seis actos y catorce cuadros. Por... aquí había una nota que decía: Cuando el público pida el nombre del autor, y seguía más abajo: Siglos IV y V. La escena pasa en toda Europa y dura unos cien años [16].

En otro tono Mesonero señala, sin dejar lugar a dudas, la influencia que España ejerció en Víctor Hugo durante su residencia en Madrid y viajes por el ámbito nacional, y que está patente en sus obras. Esto escribía en 1837. En 1832 Eugenio de Tapia ya ponía en boca de un poeta ansioso de triunfar estos versos:

> Yo tengo entre mis sucios borradores
> un drama original de alta inventiva
> en seis actos, donde hablan diez personas
> y mato cinco de ellas, y a cenizas,

[15] Mesonero Romanos, págs. 436-437.
[16] Mesonero Romanos, pág. 440.

reduzco una ciudad, lloviendo rayos
y espantosa la mar brama y se agita;
mas pasado el furor de la borrasca
aparece la estrella matutina,
y de ella en ala rápida desciende
una deidad que anuncia maravillas,
y se corre el telón. ¡Cuántos aplausos
lloverán sobre mí, si no la silban [17].

El concepto que dicho movimiento merecía al entonces jefe del gobierno Antonio Cánovas del Castillo, desde la atalaya un tanto cercana de 1885, es que el mundo de Calderón se acabó con el siglo XVII, y el de Ramón de la Cruz con el XVIII. Éste puso en escena tipos que se extinguían; en su teatro todo se lo llevaban las castañeras y los taberneros, reservando el ridículo para las marquesas, beatas, abogados, petimetres, abates, etc. El majismo había reemplazado a las antiguas caballerías y el espíritu del siglo acabó por apoderarse del genio de Moratín, de quien dice que si las costumbres de sus comedias no son poéticas es culpa de su tiempo. El teatro que él llama entonces contemporáeno trajo en cambio la poesía:

> Llenad hoy mismo en Madrid cualquier teatro, no de críticos, no de señoras y caballeros de los que visitan anualmente a París, no de filósofos o publicistas informados por el reinado del espíritu cosmopolita, sino de genuino y castizo pueblo español, y con mejor o peor ejecución, haced que ante él se representen, por ejemplo, el *Don Alvaro* del duque de Rivas, la generalidad de las obras de García Gutiérrez, y sobre todo *El Trovador; Los Amantes de Teruel,* de Hartzenbusch; *Don Juan Tenorio* o la primera parte de *El Zapatero y el Rey,* de Zorrilla..., y mal pecado si no veis producirse las mayores emociones de que sea la escena capaz. Pues no hay que vacilar, lo que se aplaude es la poesía, la poesía nacional, que igualmente en ellas que en nuestras comedias antiguas, sobre cualquier otra cualidad o condición resplandece [18].

---

[17] Mesonero Romanos, pág. 400.

[18] Antonio Cánovas del Castillo, prólogo a *Autores dramáticos contemporáneos y joyas del teatro español del siglo XIX,* por Pedro de Novo y Colson, págs. XLXI y L.

Cita Cánovas del Castillo más adelante a Luis Morales de Polo:

> Díganos los extranjeros (exclamaba, dos siglos antes que se escribiese el famoso prólogo de *Cromwell:)* «díganos qué arte fijo hallamos en las comedias desde que se fundaron, y dado caso que le haya según Aristóteles y Platón, ¿quién le ha observado?» Añade que la comedia es «un convite que el entendimiento hace al oído y a la vista. ¿Y quién ha perfeccionado estos convites sino las comedias que gozamos en España? Hay en ellas la majestad, el esplendor y la grandeza del *Poema Épico,* las flores, las dulzuras sonoras y bien limadas de lo lírico; tienen las fábulas sus episodios y tal vez su verdad de historia; tiene las veras, la severidad de lo trágico, las burlas y sainetes de lo cómico, lo picante y libertado de lo satírico, y esto con gran rebozo, y sin aquella libertad y deslumbramiento antiguo [19].

Pone Cánovas como ejemplo el *Hernani* de Víctor Hugo, el cual encuentra lleno de defectos, quejándose de sus versos pomposos al estilo de Calderón, observando que lo grotesco en el teatro español corre a cargo del gracioso, y Hugo pone cosas así en boca de Carlos V. Califica la acción de extrema pobreza y monotonía, compuesta de brutales rencores y abnegaciones inverosímiles, falta de nobleza y verdad en los caracteres, confundiendo lo sublime con lo ridículo. Esta obra es ejemplo de inspiración al revés.

Guillaume Huszar, en sus estudios de literatura comparada, explora la influencia de España en el teatro francés de los siglos XVIII y XIX como ya lo había hecho acerca del XVII. Aparte de rasgos innegables y traducciones, Huszar observa que a Corneille le fascinaban los hidalgos, ideal que él no podía alcanzar, por tanto, la comedia tenía gran importancia para él. Lesage poseía un espíritu juguetón que sólo necesitaba leer la picaresca para dar fruto. Esta clase de influencia es lo que llama Huszar el «genio» español, el cual explica: copiar unas líneas o un

[19] Cánovas del Castillo, pág. LVIII.

pasaje entero de una obra no constituye influencia, porque falta el espíritu; la literatura de cada país obedece a sus propias leyes, y toma del extranjero lo que cuadra al carácter nacional, o «genio». En los casos de Inglaterra, aislada del resto de Europa, y de España, separada por la cordillera pirenaica, esa distancia geográfica produce la originalidad de su teatro [20].

En la comedia española los géneros parecen mezclados porque de la reacción de los personajes surge la libertad de estilo; esta característica sale a la superficie en el Romanticismo. Víctor Hugo, entonces, estaba permeado de españolismo, y su genio es caballeresco. Tras una descripción de esta aseveración la resume en que este genio es la suma del culto a Dios, lealtad al rey, puesto que, elegido por la divina providencia, es el ser más importante de la tierra, y fidelidad a las leyes del amor y del honor. Opina Huszar que Hugo aplicó a su obra el mismo espíritu que Lope de Vega, aunque apenas nombra a España, pero tanto alentaba en él que la defensa de la libertad en el arte no era más que una manifestación de la influencia directa o indirecta de España, que le venía por vía natural a través de los siglos. Con ejemplos de personajes y obras francesas inspirados en españoles, aunque confeccionados a la francesa, no sólo de Víctor Hugo, sino de otros, observa que Alexander Weil afirma que no sólo usó Hugo todos los rasgos caballerescos en su teatro, sino que en el fondo era un católico español, y que en sus obras hay un sedimento de inquisición, puñal, veneno e incienso.

---

[20] Narciso Díaz de Escovar en su *Historia del teatro español* dice en la página 68: «También don Juan Manuel escribió diálogos en que más tarde se inspiraron genios de nuestro teatro clásico y hasta el inmortal y hoy discutido autor británico que dio vida al Otelo y acrisoló su fama con Hamlet y tantos hermosos dramas.» Y en la página 181 apunta: «... el genio de Shakespeare no llegó a traspasar el canal de la Mancha hasta que un siglo después le dio a conocer Voltaire en la vecina Francia, mientras que la fama de Lope volaba sobre los Pirineos, atravesaba los mares y llevaba sus creaciones hasta los remotos confines de la India.»

Antonio Alcalá Galiano, por su parte, atribuye la cuna del Romanticismo a Alemania, pero dice que

... lo que a nuestros ojos parecen rarezas de sus escritores, les es natural y está enlazado con sistemas filosóficos llenos de misterio y oscuridad [21].

De donde se deduce que también hay que respetar las peculiaridades que a un extranjero pueda presentar cualquier escritor de nuestro «mosaico español». Le asombra que tanto Moratín como Martínez de la Rosa tengan las unidades de tiempo, lugar y acción por indispensables. Sin embargo, añade:

Han abandonado los poetas los argumentos de la fábula e historia de las naciones griegas y romana, como poco propias para nuestra sociedad, y porque de puro manoseados estaban faltos, no menos que de novedad, de sustancia [22].

En defensa y corroboración de lo que hacen los escritores españoles, aunque Alcalá Galiano extiende este hecho a otros europeos, señala que el duque de Rivas acomoda su estilo al argumento, lo adapta a las personas por cuya boca habla, describe objetos que son o pueden ser verdaderos, etc.

Estas aseveraciones concuerdan con la magnífica descripción del drama que hace Enrique López Funes en su libro acerca de *Don Álvaro o la fuerza del sino* al iniciar su estudio, tras la extensa dedicatoria, manuscrita, a los duques de Nájera:

La Tragedia es el corazón; la Comedia el semblante; el Drama, la vida. Allí, el retrato de los oceanos del alma: las pasiones. Aquí, la pintura de la topografía de la socie-

---

[21] Antonio Alcalá Galiano en su prólogo a *El moro expósito* del Duque de Rivas, en la *Antología general de la literatura española* de Ángel del Río, pág. 127.

[22] Alcalá Galiano, pág. 127. No estará de más observar aquí que hacia 1580 el primer ingenio español que hizo una obra española rompiendo con la tradición clásica fue el valenciano Andrés Rey de Artieda con su obra *Los Amantes,* primera tragedia sobre los Amantes de Teruel.

> dad: las costumbres y los caracteres. Y, como abrazo del poeta, el Drama, reproducción y fiel trasunto del espíritu. La Tragedia vive en lo más hondo y llega a lo más alto: la Comedia se mantiene en la superficie: el Drama las envuelve, recibiéndolas en su seno. Así en él caben todos los caracteres, todas las ideas, todas las pasiones, todos los afectos y todas las formas de la poesía escénica. La Tragedia es una gran rama desgajada de la Epopeya: la Comedia es una forma de la Sátira: el Drama es fruto sazonado de la poesía del pueblo, de esa planta en cuyas hojas van escritos los altos hechos de su historia y la historia de su corazón [23].

Más adelante explica cómo, por ser reflejo de la propia vida no es forma literaria de imitación, por lo cual no puede haber drama clásico [24], y ésta es la forma escénica del Romanticismo.

Apoyándose en esta idea afirma que

> ver en las obras literarias más de lo que hay en ellas, es mirarlas con cristales de aumento. No quiere decir que sólo se vea lo que se propuso el autor, sino el resultado de sus inspiraciones. Por eso se ha dicho, con profunda verdad, que en el *genio* hay mucho de inconsciente [25].

Refrenda este juicio con las palabras de Eugenio de Ochoa:

> Los que analizan el *Don Álvaro* escena por escena, verso por verso, buscando el pensamiento que ha presidido a su composición, se parecen al cirujano que hace la anatomía del cuerpo para buscar el alma [26].

Ocioso es decir que este ejemplo se puede aplicar a cualquier obra y no sólo a *Don Álvaro o la fuerza del sino.*

---

[23] López Funes, pág. I.

[24] Julián Romea, actor, profesor de declamación del Conservatorio de Madrid, director del teatro particular de la reina y académico de Bellas Artes, hace observaciones interesantes acerca de los géneros teatrales y otros asuntos relativos al tema. Véase la bibliografía.

[25] López Funes, pág. 76.

[26] López Funes, págs. 73-74.

Según López Funes los italianos seguían inspirándose en las aguas de Castalia y los franceses traducían en lengua

> *versallesca* y emperegilada las maravillosas inspiraciones de los griegos, si bien dislocándolas para que saludasen *a la boileau* [27].

Reconociendo la importancia de Víctor Hugo como fuerza impulsora para establecer el Romanticismo observa, no obstante, que mientras el francés está lleno de tiranos, asesinos, traidores, crímenes misteriosos y efectismo en el teatro, atendiendo más al aspecto físico de las pasiones que al moral, el español está sacado de crónicas, tradiciones, cuentos, refranes y comedias. De ahí que los románticos españoles se parezcan más a Lope de Vega que no inspirados en el auge del francés. Se lamenta empero de que Martínez de la Rosa censurara a Calderón por malgastar sus fuerzas en monstruosos asuntos como el del príncipe de Polonia encerrado por su propio padre, y de que Le Harpe considerase el drama inferior a la tragedia porque vino después, como si en el hecho estuviera el principio, ya que no los vió así llamados en el repertorio del teatro español, al que llama el más gallardamente pomposo de todas las épocas. Si el Romanticismo exhumó a la Edad Media —dice— con castillos, castellanas suspirantes, trovadores, estando hasta la coronilla de griegos y latinos decían los «románticos ultramontanos y *franchutes*» que esto era pintar la realidad:

> Ni podían faltar la tumba y el hachero ni las almas en pena ni el suicidio; y éste para el final; porque tratándose del protagonista, mal podía ser al principio. Así las creaciones de aquel incendio que se ha llamado Víctor Hugo, portaestandarte del Romanticismo, vinieron a ser, en manos de sus imitadores estúpidos, engendros en cinco y seis cadáveres, a cadáver por acto [28].

---

[27] López Funes, pág. 38.
[28] López Funes, pág. 53.

Martínez de la Rosa, en cuyo ánimo tanto pesaban el teatro como la política, fue uno de los que regresó a España tras ocho años de prisión en la isla de Gomera; luego, exiliado de la corte donde estuviera, marchó a París, residencia que terminó voluntariamente. Su *Conjuración de Venecia,* según Alcina impresa en París en 1830, representada en Cádiz varias veces en 1832, no fue estrenada en Madrid hasta 1834[29].

Ángel de Saavedra, más tarde Duque de Rivas, trajo su *Don Álvaro o la fuerza del sino,* escrita en prosa, traducida al francés y representada en París en 1831, precediendo en todo a obras que se estrenaron en Madrid antes que ésta, que lo fue en 1835. Su impacto en el público, la controversia que causó y su fama como drama original siguen siendo objeto de polémica hoy día. Giuseppe Verdi contribuyó a inmortalizar esta obra a pesar de que las variaciones son notables al caer el texto en manos de un libretista extranjero, que además tenía que adaptarlo a la clase especial de teatro que es la ópera. Lo mismo ocurrió con *Hernani* y con el otro gran éxito del teatro romántico: *El trovador,* de Antonio García Gutiérrez.

Obra de un joven de veintidós años, que menos tenía cuando la escribió, de provincia, apenas iniciado en la intrincada vida de la corte, con más desventajas personales que ventajas, a pesar de haber visto rechazada su obra, quizá por no tratarse de una persona destacada en política o vida social, el éxito sin precedentes de su estreno llegó al punto de hacer salir al autor al escenario, cosa nunca vista en España[30]. Mariano José de Larra hizo una minuciosa crítica de esta obra, con su conocida exaltación y exhuberancia, tan completa y con tal lujo de detalles que tuvo que salir impresa en dos veces. La pri-

29 Martínez de la Rosa fue hecho prisionero en 1814, habiendo estrenado ya *La viuda de Padilla* en 1812, fechas que indican que era bastante mayor que los otros «románticos».

30 En el diccionario Espasa-Calpe, edición de 1924, se asegura que el primero en salir al proscenio a saludar reclamado por el público fue Moratín tras su estreno de *El barón,* en 1814.

mera parte trataba exclusivamente del argumento, y la segunda de la representación, sin morderse la lengua en lo tocante al aspecto físico de los actores, vestuario y otros detalles, criticando algunas faltas que le pareció encontrar a la obra, pero terminando por decir que se trataba de un autor novel cuyo primer esfuerzo superaba con mucho la madurez de algunos autores. García Gutiérrez revisó su *Trovador* años más tarde, sin duda aprovechando la crítica para guiarse un tanto en sus obras posteriores, pero habiendo alcanzado un clamoroso éxito con su primer estreno no podía subir más alto, ni siquiera igualar el primer acierto.

La originalidad de *Don Álvaro...* y de *El Trovador* es patente. La disparidad entre sus autores señala, muy a las claras, que por mucha propaganda que se hayan hecho los franceses respecto a ser los inventores del Romanticismo, y por muchas traducciones que plagaran los escenarios de los teatros españoles, únicamente cuando una obra tocaba las fibras del español podía triunfar, y esto no podía conseguirse sino con obras de ambiente, leyendas autóctonas o historia. Con estos precedentes llegó Hartzenbusch con sus *Amantes de Teruel* en enero de 1837. Es preciso tener en cuenta los antecedentes para no caer en la exaltación desorbitada de muchos que han trabajado en ediciones de esta pieza haciendo caso omiso de todo el andamiaje anterior.

Los amantes de Teruel. La leyenda

La leyenda histórica de los amantes de Teruel es una de las más bellas y trágicas que ha conocido el mundo. Isabel de Segura y Diego Marcilla[31] se amaban desde niños, pero el padre de la joven se oponía a que se casa-

[31] El nombre *Diego* no aparece en la tradición hasta principios del siglo XVII.

ran por ser Diego pobre. Éste obtuvo un plazo para hacer fortuna, pero a condición de que si no regresaba dentro del tiempo estipulado Isabel se casaría con un pretendiente rico que tenía. Por circunstancias que se desconocen volvió Diego apenas cumplido el plazo, el día en que Isabel, obligada por sus padres, se casaba con el otro. El golpe fue demasiado duro para Diego, que cayó muerto a los pies de su amada, quien a su vez cayó sin vida.

Ésta es la versión conservada por la tradición que según diversos documentos y escritos cambia un tanto, pues añade al primer impacto la certeza de que ya no había posibilidad de cambiar los hechos. La variante consiste en que Diego, al entrar en Teruel y enterarse de su mala fortuna, acude al baile de la boda; sin ser visto, merced a la algarabía y crecido número de invitados, entra en la habitación de los novios con esperanza de hablar con Isabel, y allí espera a que se retiren. Ella pide a su marido que no se consume el matrimonio hasta el día siguiente, en memoria de su amor ausente, lo cual no place al marido, pero acaba por acceder. Una vez dormido este, revela Diego su presencia; Isabel, consternada, contesta a sus quejas que él no había vuelto a tiempo y ella no había podido esperarle más según lo prometido a su padre. Viendo que no hay remedio él le pide un beso de despedida, que ella se lo niega por hallarse oficialmente casada. El joven, no pudiendo resistir su dolor por más tiempo, cae muerto. Isabel, asustada, despierta al marido y le refiere lo sucedido. Ante semejante compromiso deciden llevar al desdichado Diego a la puerta de casa de su padre, que era la de al lado. La manaña siguiente Isabel, llena de tristeza y remordimiento, decide asistir al entierro y se dirige a la iglesia donde se celebraban los funerales, con objeto de dar a Diego el beso que le había negado en vida, pero al llegar al túmulo cae muerta. Los presentes, ante la grandeza de aquel amor, deciden enterrarlos en una misma sepultura.

Así reza en un papel antiguo, con letra del siglo XV como fecha más tardía, que quizá para conservar su contenido fue copiado de una relación anterior y en que consta además que en 1555 se habían descubierto los cadáveres, incorruptos, al parecer desenterrados por segunda vez según se desprende de las primeras palabras. El documento antiguo, sin duda versión escrita de la tradición oral que perduraba desde hacía mucho tiempo, empieza dando la fecha de mil doscientos diecisiete, en letra, año en que fue juez de Teruel Domingo Celada. Efectivamente, se ha comprobado que este dato es fidedigno, y que debido a la estructura de gobierno de la entonces villa de Teruel cada juez servía durante un año, de Pascua a Pascua. Aparte la tradición y el segundo descubrimiento de las momias es comprobable que Pedro Segura, padre de Isabel, fue juez de Teruel de 1212 a 1213, y que un Marcilla fue uno de los fundadores de Teruel. Se da también por cierto que Diego, el amante, luchó en la batalla de las Navas de Tolosa, siendo uno de los que rompieron las cadenas que cercaban la tienda del Miramamolín, proeza que no le acarreó riquezas, pero sí la distinción de ostentar la cadena en su escudo de armas, al igual que el rey de Navarra, a cuyas órdenes luchó [32].

Esta hermosa tradición ha sido tratada de diversas maneras y no carece de detractores, quienes sin duda se ven fascinados por un preclaro ejemplo de virtud, obediencia, respeto a los mayores y a la palabra dada, escollos que impiden que un amor recíproco y sin tacha se realice, terminando en causar la muerte de ambos amantes sin mancilla. Muy lejos del caso de Romeo y Julieta que, aunque hermoso, contiene intriga, decepción, complicidad y la consumación de un matrimonio improvisado por un religioso sin la suficiente presencia de ánimo como para interceder con los padres. El ejemplo de Isabel de Segura y Diego Marcilla es puro en todos sus aspectos. Esto parece ser lo que intriga a quienes no creen en la

---

[32] Gonzalo Argote de Molina en su *Nobleza de Andalucía,* dice que fue Alvar Núñez de Lara, de Castilla, quien rompió las cadenas, pero según indica luego fueron los reyes de Navarra y Aragón y sus soldados.

leyenda histórica, a pesar de haber toda clase de versiones que por su antigüedad son creíbles, y de conservarse los cuerpos en Teruel. Ha sido además objeto de numerosas obras de teatro, canciones, novelas, cuadros, y ha dado lugar a laboriosas investigaciones y a polémicas. Todos se encuentran con la misma evidencia y los mismos escollos: la fecha verídica es siempre 1217, el lugar: la ciudad de Teruel, las casas colindantes, la iglesia de San Pedro, y los nombres de los amantes: Isabel de Segura y el joven Marcilla. Su falta de fortuna provenía de ser hijo segundo, pues era su hermano mayor, Sancho, casado, y su hermano menor Pedro, monje cisterciense del Monasterio de Piedra, diócesis de Tarazona, que llegó a obispo de Segorbe y Albarracín. Por asuntos y derechos de su dignidad eclesiástica fue a Roma, donde logró gran satisfacción, muriendo en Enguieta, lugar del obispado de Sigüenza, en 1272 [33].

Con esta doble corriente de datos concretos y arcanos, literatura y arte de un lado, investigación del otro, no falta quien defienda la tesis de que el tema procede del *Decameron* de Boccaccio. La diferencia entre nuestra historia y el cuento que se elige como fuente es notable. Se trata de la narración número ocho del cuarto día, «Girolamo y Salvestra» que tiene idéntico final, pero el resto difiere y carece en absoluto de sentimentalismo, restándole no poco interés el que se nos presente Salvestra como casada desde hace tiempo y habiendo echado en olvido a Girolamo.

Por otro lado, afirma Jaime Caruana Gómez de Barreda, que Landall ha encontrado la fuente de todos los cuentos del Decameron, excepto el de *Girolamo et Salvestra,* que, por otro lado, resulta en un anagrama de Marcilla et Segura añadiendo la vocal *o* dos veces en el nombre para hacer sílaba [34].

---

[33] Así lo refiere Joseph Tomás Garcés en la *Memoria genealógica* de su familia.

[34] Jaime Caruana Gómez de Barreda no da detalles acerca del nombre completo de Landall ni de su obra. (Caruana, *Los Amantes de Teruel,* pág. 98.)

Es lógico pensar que la historia de los amantes llegara a oídos de Boccaccio de boca de algún aragonés, teniendo en cuenta que hay abundantes datos históricos sobre viajes particulares y relaciones comerciales, además de la continuada dominación de la Corona de Aragón en Italia durante esta época.

Entre los detractores de la leyenda se cuentan Emilio Cotarelo y Mori y Marcelino Menéndez Pelayo [35]. El primero desmintió todo cuanto a favor de la tradición había sin ir a Teruel, sin ver los documentos que consideraba apócrifos y, en suma, partiendo de la base de un «no» rotundo, pero sin conseguir demostrar su punto de vista. La verdad, empero, tiene una gran ventaja, y es que no puede inventarse; de ahí que los pocos elementos que nos han llegado de esta historia sean dignos de crédito. El hueco que todos han querido llenar, o sea, la tardanza de Diego, es indicación certera de que no se sabe qué ocurrió, pues no tuvo tiempo de explicar sus motivos ni referir sus andanzas a nadie.

El tema que tratamos tiene el poder de despertar el interés de tal modo que es difícil resistir la tentación de hacer indagaciones a partir de las hechas por otros.

Las fechas

Es necesario tener en cuenta un detalle muy importante que no tiene fácil solución. El papel llamado de San

[35] Cotarelo en sus dos trabajos sobre el tema; Menéndez Pelayo, en *Orígenes de la novela* (1907), dice textualmente hablando del *Florando de Castilla:* «Tiene también la de contener (en el canto noveno) una de las más antiguas versiones de los *Amantes de Teruel* (trasplantación aragonesa de un cuento de Boccaccio).» Espasa-Calpe, Argentina, 1946, tomo I, págs. 445-446. Otra referencia, citada por muchos de los que se han interesado por el tema, aparece en el tomo III. Sin embargo, hay que poner de relieve que en el primer caso está Menéndez Pelayo hablando del *Florando de Castilla,* a cuyo autor llama «médico», sin ver que tenía quince años cuando lo escribió; que no se ocupa del tema según las varias obras que preceden a Juan Yagüe de Salas, cuya epopeya llama «fastidiosísima» y, por tanto, su punto de partida y apoyo es exclusivamente Boccaccio, no los Amantes.

Pedro dice claramente «año mil ducientos diez y siete. Fue juez Domingo Celada». Alventosa dice «ahora nuevamente copiada», lo cual indica antigüedad. Remota antigüedad dice Serón; Villalba dice año de Cristo de 1280, mientras Caruana asegura que esta pieza narra el suceso acaecido hacia 1242. Mis cálculos acerca de la de Rey de Artieda también la colocan no en el siglo XVI, sino en el siglo XIII. Caruana censura a Yagüe de Salas por colocar al rey Alfonso II de Aragón en su época incorrectamente, y Tirso de Molina y Pérez de Montalbán han sido duramente criticados por Hartzenbusch, Fernández Guerra y otros que califican esta libertad artística como error histórico, sin ver que se trata de ensalzar el triste episodio de los amantes y no de relatar un hecho histórico como tal. Tanto Caruana como Hartzenbusch (en Picoche) transcriben los anales de Teruel, que no es otra cosa que una relación de jueces con el año y una o dos escuetas referencias a algún hecho memorable como la muerte de un rey, advenimiento de una plaga que arrasó la región, nada más. Estas relaciones están precedidas de números romanos y luego entre paréntesis el año en numeración arábiga. Todo ello tiene su explicación a lo que parecen discrepancias en el hecho de que la Era Cristiana no empezó a usarse en el reino de Aragón hasta 1359, y en el resto de la Península en 1421 [36], rigiendo hasta entonces la Era de César Augusto. La diferencia de treinta y ocho años explica hasta cierto punto estas diferencias. Si los Anales de Teruel, en que consta efectivamente Domingo Celada como juez, no en ese año, como observa Caruana, sino en el 18, llevan los números romanos antes, quiere decir que el verdadero año es el que pertenece a la tradición, puesto que el amanuense que hiciera la conversión debió verse en un apuro al tener que poner una u otra fecha, lo cual sitúa a quien hizo

[36] Sebastián de Covarrubias da una descripción muy detallada en su *Tesoro de la lengua castellana,* 1611, págs. 528-529 de la edición de S. A. Horta, 1943. El padre Enrique Flórez de Setién hace referencia a ambas eras en su *Memoria de las reinas católicas de España.*

esta relación de jueces por lo menos en la segunda mitad del siglo XIV, puesto que no entró en vigor en el reino de Aragón hasta la fecha indicada de 1359. Así se explica la parquedad de noticias en dichos Anales, ya que pueden obedecer las constancias a que el compilador se apoyase únicamente en documentos de la época para hacer su relación de jueces, y con uno o dos documentos en que constara el nombre bastaba. Esta conjetura apoya, asimismo, el descubrimiento de Caruana, además de indicar que Celada pudo oficiar de juez en ausencia o incapacidad del que debía serlo el año asignado a cada uno. Teniendo esto en cuenta, no es aventurado pensar que la relación del papel de San Pedro lleve la fecha 1217 y se trate de treinta y ocho años más tarde. Asegura Caruana que las relaciones llegan al año 1553, pero no se nos dice si son de una o varias manos desde el principio, lo cual acusaría copia hecha por un sólo escribano o manos distintas según el tiempo que cada secretario ocupara tal. cargo.

Si deducimos treinta y ocho años de 1217 nos da 1179; rebajando los siete años del plazo dado al amante llegamos a 1172, cuando ciertamente Alfonso II reinaba en Aragón, habiéndose fundado la villa de Teruel en 1171. Una relación que citaremos más adelante de los hermanos Ibañes de Santa Cruz pone a las familias Marcilla y Segura en Torremocha, con lo cual es posible que los amantes se conocieran allí de niños y pasaran a Teruel al formarse el nuevo lugar. Si el cronista del papel antiguo puso el año y el nombre del juez, quizá lo hizo para asegurar a quienes dudaran de la fecha, de la que quizá él no estuviese muy seguro, puesto que ningún mortal estaba obligado a conocer el cambio de era que, por otro lado, debió confundir a un par de generaciones y no pocos documentos. Entonces la fecha concreta de 1217 puede ser treinta y ocho años antes o después también. Villalba pudo estar confundido, asimismo, respecto a las eras cuando dijo «era de Cristo 1280», a la que restando los treinta y ocho años de la de César resulta en 1242. Si Andrés Rey de Artieda nombra a Alfonso el Sabio, no importa si de pasada o como rey, tanto si se trata de 1284, su último año de reinado, o del primero, queda todo muy dentro del siglo XIII, con las posibles fechas de 1242 a 1280-84. Para obtener la Era Cristiana hay que deducir treinta y ocho años a la del César o añadir treinta y ocho años a la cristiana para obtener la otra, como queda demostrado, pero hay que tener en cuenta que en el resto de la Península no se usó hasta más de medio siglo más tarde, lo que puede causar confusiones sinfín al mismo tiempo que apoyar conjeturas respecto de la validez de ciertas fechas. La batalla de las Navas de Tolosa, por ende, cae dentro de este rompecabezas, puesto que 1212 encaja dentro de los treinta y ocho años de diferencia hacia arriba y hacia abajo. Con los sesenta y dos años de diferencia entre la época en que se adoptó la Era Cristiana en el reino de Aragón y el resto de España sigue habiendo cierto margen para fijar la época, pero todo apunta a que la tradición estaba efectivamente fundada en hechos y no fantasía.

Los nombres

Asegura Caruana que en la historia anónima solamente aparecen los apellidos, llamándole a él Juan Martínez, y en el añadido de 1555 el nombre de Isabel, luego usado parcamente por Rey de Artieda y Huerta, sin aparecer el nombre de Diego aplicado al amante hasta el poema de Juan Yagüe de Salas. Sin embargo, notamos que Villalba asigna el nombre de Eufrasia a la criada de Segura, nombre que a su vez da Rey de Artieda a la prima de Isabel, y que Villalba cita a un capitán Diego Celada. Dada la circunstancia de la relativa proximidad de fechas en que estas últimas obras fueron compuestas, la de Rey de Artieda representada e impresa más tarde, siendo ambos autores de localidades próximas a Teruel o estando vinculados con dicha ciudad, y no siendo Eufrasia un nombre corriente precisamente, bien pueden pertenecer a la tradición, fuente fidedigna de donde sacaron los demás detalles importantes, si bien dándoles una definición distinta con el tiempo. Aunque estamos de acuerdo en que ligeras variaciones en nombres y fechas, éstas sobre todo por los argumentos expuestos, no afectan la tradición, los apellidos ni el hecho de que los amantes sean famosos, no fue Yagüe el primero en llamar Diego al amante, sino Tirso de Molina, que compuso su obra entre 1614-16, según demuestra Blanca de los Ríos cuando la coloca en su ciclo aragonés.

Trayectoria literaria del tema

1555
o
antes. Pedro de Alventosa, *Historia lastimosa y sentida de los dos tiernos amantes Marcilla y Segura, naturales de Teruel, ahora nuevamente copilada y dada a luz por Pedro de Alventosa, vecino de dicha ciudad.* Pascual de Gayangos describe esta obra que dice haber visto en 1838 en el palacio de Blenheim de los Duques de Marlborough, en Inglaterra. Esta nota se encuentra en el tomo 3, págs. 495-496 de la traducción que hizo con Enrique de Vedia de la *Historia de la literatura española* de M. G. Ticknor, 1854.

ALVENTOSA. La referencia hecha por cuantos han tocado el tema al librito que dice haber visto Pascual de Gayangos está copiada con gran fidelidad por Hartzenbusch y otros. Sin embargo, la equivocación que nos transmiten es también debida a Gayangos, que en dicha nota llama *Francisco* a Andrés Rey de Artieda, cuyo nombre reproduce Ticknor correctamente en la nota 35, página 302 del volumen 2, 1849. Claro que cuando trata de Juan Yagüe de Salas prescinde de nombre y apellido según la costumbre inglesa de llamar a una persona por el «último nombre» que ven, ya que entre ellos no se usa el segundo apellido, así que lo encontramos bajo

Salas. Juan Alcina Franch, Álvaro Gil de Albacete y cuantos llamen Francisco a Andrés Rey de Artieda revelan no haber consultado la obra ni visto más referencias que las equivocadas. En el caso de Hartzenbusch y Picoche una llamada señalando la equivocación en el nombre hubiera bastado para no perpetuar el error, pero no lo hicieron.

1566 Antonio Serón, *Silvas. La Silva 3.ª a Cintia, en la cual se describe el fin infelicísimo de los amores de Marcilla Sánchez y de la hermosísima Segura, ciudadanos de Teruel.* Escrita en latín fue traducida por Domingo Gascón y Guimbao y publicada en 1907, habiendo permanecido inédita hasta entonces. La fecha 1908 también aparece en el mismo libro.

ANTONIO SERÓN. Domingo Gascón y Guimbao había publicado ya un *Cancionero* de los Amantes de Teruel en 1907 cuando descubrió las silvas de Serón, inéditas, por medio de Ignacio de Asso, que había publicado otros poemas de Serón indicando que había mucho más material manuscrito. Por tanto, pocos serían quienes tuvieran acceso a ellas e ignoramos si Serón leería el libro de Alventosa, puesto que solamente Gayangos dice haberlo visto. En la página 44 empieza la silva tercera, a Cintia, traducida al castellano del latín. El poeta se queja de la crueldad de Cintia en términos muy pesados, a lo que ella contesta de manera análoga, y él empieza a contar la historia:

> Tan feliz es para ti y tan hermosa como tú misma, Cintia mía, Teruel, cuna ilustre de esclarecidos hijos, y no desconocida de las doncellas. Ciudad contra la que dirigió sus ardientes flechas la diosa madre del piadoso Eneas, atravesando con una misma saeta a Marcilla Sánchez y a la hermosa Segura, si es cierto cuanto refiere remota antigüedad [37].

---

[37] Serón. Obsérvese que llama al amante Marcilla Sánchez, y que según la genealogía de Joseph Tomás Garcés de Marcilla el hermano mayor se llamaba Sancho.

Cuando al referir la historia Marcilla se queja a Segura de sus amores ella le revela un sueño que ha tenido en que Cintia, a la que describe de forma que puede ser la Aurora o la Fortuna, enlutada, contemplaba el cadáver de un hermoso joven colocado ante sus pies. Luego Segura le da un anillo en prueba de su amor, pero la mañana siguiente su padre la entrega a otro. Ella se queja lastimosamente de sus padres y del destino, acude a Marcilla, quien en esta versión no sale de Teruel a buscar fortuna; pinta al presunto marido como negro (hasta se refiere a él como etíope) y maloliente. Al final, Marcilla cae muerto a los pies de Segura en el patio de su casa; todos le lloran, y sigue la narración con media página de lamentos de Segura que acude al funeral a darle el beso y cae muerta, no sin antes pedir que los entierren juntos y alguien cante sus amores.

1577 Bartolomé de Villalba y Estaña. *El pelegrino curioso y grandezas de España, por... donzel vecino de Xerica.* Aunque la licencia para la impresión es del mismo año no fue publicada hasta 1886, por la Sociedad de Bibliófilos Españoles.

VILLALBA. Álvaro Gil de Albacete, copiando a Gayangos en su edición de *Los Amantes de Teruel,* de Hartzenbusch [38], llama «obrita ingeniosísima» la de Villalba. Dicha obrita ocupa apenas los dos tomos de no despreciable tamaño que forman el volumen 23. En el segundo, que contiene el libro séptimo, se halla el episodio de los amantes, páginas 113 a 272, en verso. El *pelegrino* sigue hablando en prosa. Pascual de Gayangos, en el prólogo a esta edición, criticia el verso de Villalba y más aún su prosa, porque no es la de un literato castellano educado en Alcalá o Salamanca, sino que está llena de giros del habla valenciana de Jérica. Podríamos preguntar a Gayangos por qué había de utilizar castellano de Salamanca un *donzel de Xerica,* de cuya habla valen-

[38] En el tomo 113 de *Clásicos castellanos,* pág. XXXV del prólogo, donde además llama *Francisco* a Andrés Rey de Artieda.

ciana y de aquel siglo está naturalmente lleno su léxico. Entre las cosas dignas de tener en cuenta contamos la fecha inequívoca que nos da:

> Pues en esta ciudad, Teruel famosa,
> hubo dos perseguidos de fortuna
> en la era que Cristo había nacido
> de mil doszientos y ochenta años.

En Villalba el plazo es de siete años. Cuando se cumple el plazo no falta quien pague a un joven para que dé en Teruel la falsa noticia de la muerte de Marcilla, a quien se le hacen funerales y todo, y que aparece treinta horas tarde. Eufrasia, criada de Segura, le ayuda a entrar furtivamente en la habitación de los novios, donde tiene oportunidad de hablar con Segura a solas, pero cuando se oye el novio a la puerta se nos da a entender que Marcilla se esconde bajo la cama. El novio encuentra a la joven triste, alterada y, habiendo jurado castidad, además de estar visiblemente enferma, consigue que el frustrado marido se duerma. Entonces quiere hablar a Marcilla, pero le encuentra sin vida. Ella muere al abrazar el cuerpo del difunto en la iglesia de San Pedro.

Jaime Caruana en su libro sobre el centenario de los Amantes afirma que la acción tiene lugar hacia 1242, y que la obra está llena de anacronismos [39].

1581 Andrés Rey de Artieda, *Los Amantes.* Tragedia es esta primera obra de teatro inspirada por Marcilla y Segura. De vital importancia para las obras que la siguieron y para el teatro español en general [40].

Andrés Rey de Artieda. El título *Los Amantes* ya indica que eran famosos, pues la acción se desarrolla en

---

[39] Sin duda contiene anacronismos, pero algunos no lo son, sino paralelos. A veces se evocan hechos o nombres contemporáneos del autor dando la dimensión opuesta a citar héroes de la antigüedad, acercándose a la época del lector.

[40] Menéndez Pelayo nombra a Rey de Artieda exclusivamente por su *Amadís de Gaula.*

Teruel, y no había necesidad de identificarlos de otra manera. Raro es el estudioso que se ha detenido en dicha obra lo suficiente como para reconocer su importancia. No sólo es la primera que lleva el tema a la escena, sino que con ella su autor señaló nuevos derroteros que siguieron otros dramaturgos del Siglo de Oro, y cuya fuente no se reconoce. Trata un tema español, sin que intervengan reyes ni dioses, desdeña las unidades dramáticas, pues la acción dicta lo necesario, e introduce innovaciones que no han sido del todo aprovechadas. Tres ejemplos son: contar los antecedentes a un extraño, sin que el criado esté presente siquiera; el uso de signos de mal agüero o sobrenaturales, y el intermedio de hacer que un personaje narre lo que ve en contraposición a representación directa o relatar los hechos. Desgraciadamente no cabe en este libro un estudio más extenso acerca de esta obra.

Comienza con el regreso de Marcilla a Teruel. Diego pide a su paje Layn que le traiga la banda y plumas para engalanarse y hacer digna entrada en la ciudad. Ha enviado a su criado Perafán de avanzadilla y mientras tanto cuenta a su amigo Heredia la historia de sus amores. Teme llegar una o dos horas tarde, y es mal presagio también un sueño que ha tenido en que un viejo le sacaba un anillo del dedo, que debe significar la dama. Vuelve Layn con banda negra y plumas amarillas en lugar de la roja y blancas que pidió; éstas cayeron al mar. Además llega el conde de Fuentes anunciando que se casa una dama en Teruel: Isabel de Segura. Vuela Marcilla a Teruel, pero es tarde. La casa está llena de invitados y Diego no sólo se cerciora de su mala fortuna, sino que habla incluso con el marido de Isabel. Cuando pueden hablar a solas ella le asegura que tras esperarle siete años no ha tenido más remedio que cumplir lo prometido. Le recrimina por haber llegado tarde y él culpa a la codicia de su padre de este lamentable hecho. Se va Marcilla, triste, y no consiguen entretenerle sus criados ni sus amigos. Todos deciden ir al baile de la boda y él dice que irá más tarde.

Marcilla entra sin ser visto y se esconde en la habitación de los novios, para ver de hablar a Isabel. A la puerta ésta pide a su marido ser casta en deferencia a Diego, lo cual no place al recién casado, pero acaba por acceder. Esta escena es la que cree ver Eufrasia por el ojo de la cerradura, escuchando una conversación que culmina en un ¡ay! desgarrador que la asusta y hace huir: es el postrero del infortunado Marcilla. Lo que ha presenciado, en realidad, es la conversación entre Isabel y Marcilla, la negativa al beso y la muerte del joven. La escena que sigue debió repugnar tanto a nuestro autor que la hizo lo más breve posible: a fin de no despertar sospechas Isabel y su marido depositan el cuerpo inerte de Marcilla a la puerta de la casa de su padre, que es la de al lado. En la escena siguiente los amigos y criados de Marcilla, que le han estado buscando, le encuentran. Perafán sospecha cuál ha sido la causa de su muerte. El marido, que ha estado al acecho, informa a Isabel de que han recogido a Marcilla. Una vez sola la joven da rienda suelta a su dolor y decide ir a la iglesia y dar a Marcilla el beso que le negó en vida. Una sombra le trae el manto, y ella presiente quién es. Más tarde a Eufrasia se le rompe un espejo; mala señal, unida a lo que presenció la noche anterior y el ¡ay! [41]. En el último acto deudos y amigos se quejan de la muerte de Marcilla y preguntan si fue Isabel quien besó al muerto; alguien hace comentarios impertinentes y por fin el marido narra lo ocurrido, iniciando su explicación con un sueño que tuvo, en el cual se le cayó una hermosa perla de entre las manos; al dar en el suelo el lugar estaba marcado con una M. El conde de Fuentes propone que se busque medio de honrar amores semejantes, el gobernador de Teruel propone que los entierren en un mismo sepulcro; Heredia se maravilla de que los junte la muerte, que todo lo separa, y el último personaje en hablar es la Fama, que dice que en ella

---

[41] Sombra y espejo tienen categoría de personajes. La última escena debe desarrollarse ante el túmulo, aunque no se explica así en el texto, lo que indica que Rey de Artieda sabía cuál era el cometido del director de una compañía de teatro.

vivirán siempre Isabel y Marcilla, pero lo que jamás ha hecho con hombre alguno hace con el marido de Isabel, cuyo nombre calla.

Andrés Rey de Artieda, nacido en Valencia, hijo de aragonés y valenciana, siguió la tradición según le llegaría. Eduardo Juliá Martínez, que la reeditó en 1929, desgraciadamente atribuye en el cuarto acto unas palabras a Segura que en la edición limitada de Francisco Carreres y Vallo de 1908 constan como dichas por el marido, cambiando bastante el tenor de la dificultosa escena de sacar el cuerpo de Marcilla.

Casi todos cuantos han citado esta obra la sitúan en tiempos de Carlos I como hicieron sus imitadores, pero por el hecho de que no se nombra al rey, nosotros somos de otra opinión. Eufrasia nombra a Alfonso el Sabio de pasada, lo cual elimina 1217, puesto que este rey lo fue, y no de Aragón, de 1252 a 1284. El ejercicio de las armas lleva a Marcilla a Italia y al África, lugares nada extraños para varias gestas españolas. Teniendo en cuenta que el *Pelegrino* de Villalba no se imprimió según varias fuentes hasta 1886, las silvas de Serón hasta 1908, y que nadie ha visto el libro de Alventosa, excepto Gayangos en 1838, cabe pensar que Rey de Artieda se fundó para componer su tragedia en una tradición oral resucitada con el descubrimiento de las momias en 1555.

1587 Hyerónimo de Güerta (o Jerónimo de Huerta). *Florando de Castilla, lauro de caualleros.* Impresa en Alcalá de Henares el siguiente año lo fue nuevamente en 1855.

HUERTA O GÜERTA. *El Florando de Castilla,* compuesto cuando su autor contaba quince años, sigue esencialmente la obra de Rey de Artieda. Dadas las similitudes cabe pensar que *Los Amantes* llegó a manos de Güerta o ambos siguieron la tradición al pie de la letra.

Los otros títulos que aparecen por la misma época y que en varios casos nadie ha podido consultar, hacen referencia al asunto como impresiones de viaje, lugar memorable por el triste suceso que mucha gente tuvo a bien apuntar en su diario tras haber visitado lo que existiera entonces: féretros, capilla, la iglesia, las calles, y sobre todo después de haber escuchado de boca de los habitantes de Teruel la historia de Marcilla y Segura. Hay que señalar también que con excepción de Huerta, que era de Escalona, los demás tenían vínculos con Aragón, o eran de los alrededores incluyendo las provincias limítrofes de Castellón y Valencia. Esta proximidad habla también en favor de la veracidad de la tradición.

1588-1609 Otros títulos que aparecen por aquellos tiempos dan cuenta del episodio; Pedro Laínez en una poesía, relato del viaje de Felipe III y la Infanta Isabel a Valencia a casarse con Doña Margarita de Austria y el Archiduque Alberto, respectivamente, y su visita a Teruel, y un soneto de Suárez de Figueroa.

1616 Juan Yagüe de Salas. *Los Amantes de Teruel. Epopeya trágica con la restauración de España por la parte de Sobrarbe y conquista del reyno de Valencia.* Reeditada en 1816 y 1951.

1619 Juan Yagüe de Salas, entonces secretario de Teruel, encontró el llamado «papel de San Pedro», en que constaba la historia de los Amantes con el aditamento de 1555, y lo mandó copiar en su protocolo ante notarios y testigos. Fue a su vez copiado por varias manos anónimas [42].

---

[42] Menéndez Pelayo, en su afán por abogar por Boccaccio, tachó de apócrifos los documentos: el original que Yagüe hizo copiar en su protocolo y éste mismo, puesto que otras copias intercalaron el poema de Yagüe en parte. Menéndez Pelayo, así como Cotarelo y Mori, fueron incapaces de distinguir entre una copia hecha para conservar el contenido antes que el tiempo hiciera mella en el original y un documento que un crítico iba a tomar para hacer investigaciones.

Juan Yagüe de Salas. La noticia que de su epopeya trágica da Gascón y Guimbao se complementa con la edición de 1951 con prólogo de Jaime Caruana Gómez de Barreda. Calificada de larga y pesada por Hartzenbusch, Caruana no es parco en su crítica tampoco. Uno de sus aspectos más interesantes es que dé el argumento del caso de los Amantes de Teruel «desnudo de episodios» en menos de una página, y que sigue al pie de la letra la tradición.

A instancias de Guillén de Castro Yagüe resumió el episodio en ocho estrofas de ocho versos endecasílabos, que también publica Caruana, para ser leído en la segunda sesión de la Academia Montañeses del Parnaso, sucesora en Valencia de la de los Nocturnos, y en la que Yagüe ingresó con el nombre de Pindauro [43]. Tres años más tarde hizo copiar el papel antiguo de San Pedro en su protocolo, a 18 de abril de 1619.

Más tarde aparecen copias de dicho protocolo de varias manos y adulteradas, además de un escrito de Vincencio Blasco de Lanuza que no cree en la existencia de los Amantes.

1635 Tirso de Molina publica sus *Amantes de Teruel,* compuesta, según Blanca de los Ríos, entre 1614-1615.

La obra está, como la de Andrés Rey de Artieda, totalmente escrita en verso. En esta obra el padre de Isabel de Segura tiene por nombre Rufino, el marido se llama don Gonzalo de Aragón, a Marcilla se le llama por primera vez Diego, y a su criado Laín. Este nombre aparece en *Los Amantes* de Rey de Artieda como el del paje de Marcilla. Empieza Tirso por el principio, o sea, la pretensión de Diego en desventaja por ser pobre y porque Gonzalo también quiere a Isabel. Rufino escucha

---

[43] En Valencia existe la calle de los Nocturnos en memoria de dicha academia poética, a la que pertenecieron Guillén de Castro, Andrés Rey de Artieda, Gaspar Aguilar, el canónigo Tárrega y otros a fines del siglo XVI.

a ambos jóvenes y concede a Diego un plazo de tres años y tres días. Éste parte inmediatamente con la compañía del capitán Pedro de Guevara dejando a Isabel sumida en gran tristeza. La segunda jornada nos lleva a la campaña de África, donde Marsilla[44] se distingue por su valor y arrojo, hasta el punto de salvar la vida a Carlos V, pero no obtiene recompensa inmediata porque hay que tomar la Goleta. De repente estamos en Teruel. Don Gonzalo recuerda a Rufino su promesa de entregarle la mano de Isabel si no vuelve Diego a tiempo, pero ella no ha querido aceptar ni un papel suyo. Gonzalo se vale de su amigo Don Juan, que ha regresado del África por motivos de familia, para que le ayude. Tirso prepara la escena enseñándonos a Isabel acompañada de Drusila en su dura espera, tratando de distraerse, pero hay varias señales del mal agüero y aquí entra Don Juan preguntando si vive allí Hipólito Marsilla. Le informan que es la casa de al lado, pero Isabel se interesa y Juan dice que el hijo murió en batalla. Isabel se desmaya. Perdida la esperanza, la vida no tiene aliciente para ella. De nuevo estamos en África, donde Diego sólo ha conseguido palabras de agradecimiento del rey, pero no riquezas. El plazo es ya muy corto y más le valiera morir. En esto aparece Carlos V con varios Grandes de España y averiguan la causa de tal proceder. Enterado el rey, le hace capitán y le concede renta en Teruel, pero ha de cumplir sus deberes militares antes de volver.

La tercera jornada está tomada directamente del principio de la obra de Rey de Artieda. Diego y Laín están a las afueras y pasa el plazo de dos horas. El criado trata de quitar importancia a tan breve espacio de tiempo, pero Diego explica qué puede pasar en menos tiempo. Siete veces repite las palabras de Rey de Artieda, que dan mayor importancia a la escena. Laín trae la nueva de la boda de Isabel. Dejando a Diego con su desesperación estamos en la escena de la fiesta de la boda. Don Juan ha sido el padrino. Isabel, indispuesta, se retira a su ha-

[44] En esta obra y en otras se escribe con s.

bitación donde es sorprendida por Diego, que se había escondido allí. La confrontación tiene lugar y Diego cae muerto a los pies de Isabel. En eso entra don Gonzalo y sigue la obra según la tradición. A la mañana siguiente Laín, enlutado, trae la noticia y pide a Rufino que vaya a la iglesia. Gonzalo disimula. Drusila, asomada a la ventana, describe a la triste Isabel el cortejo fúnebre, una de las escenas más escalofriantes de esta obra. Ambas salen para la iglesia y al comenzar los funerales Isabel se acerca al túmulo y queda muerta sobre el difunto.

Tirso quiso empezar por el principio y se vio en el dilema de tener que llenar tiempo y detalles que se desconocen, viéndose obligado a dar los saltos geográficos que tanto molestan a los que abogan por las unidades dramáticas, procedimiento, por otra parte, muy querido del insigne fraile que recoge hilos diversos que tejen una misma tela, y se vale de los necesarios para completar su obra. Todas las referencias a amores desgraciados, señales de mal agüero, excepto la canción, y varios tipos están sacados de la obra de Andrés Rey de Artieda, desdoblando frases, escenificando acciones que se sobreentienden, haciendo florecer las semillas que aquél dejó. Era además reciente la muerte del valenciano (1613), que no le debió pasar desapercibida.

Eufrasia, criada de Segura en Villalba, la prima de Isabel del mismo nombre en Rey de Artieda y la Drusila de Tirso tienen una asociación con la Amante que va progresando de una pieza a otra. En la de Villalba es quien ayuda a Marcilla, en la de Rey de Artieda es prima de la protagonista, sin duda ambas sacadas del nombre legado por la tradición oral; Tirso utiliza las acciones de esta segunda Eufrasia para que Drusila, criada, haga el mismo papel, si bien combinado con el del criado de Marcilla en *Los Amantes,* Perafán, muy versado en las artes y precursor del criado gracioso. Otros personajes secundarios que aparecen en la obra del valenciano, como Don Juan y Muñoz, son primos de los Amantes. A pesar de la licencia dramática hay ciertos caracteres que, en estas primeras versiones, están claramente fundados en la verdadera familia, como demuestran sin proponérselo otros que trataron el tema más tarde.

1635 Juan Pérez de Montalbán publica su comedia *Los Amantes de Teruel,* reimpresa en 1638.

Gascón y Guimbao apunta seis ediciones de sus *Amantes* en el siglo XVII, y otras tantas o más en el XVIII; no cabe duda, por ello, de que esta versión era la más conocida y representada. Todos los críticos, sin excepción, concuerdan en que copió a Tirso, sin tener en cuenta sus variantes, ni que pudo igualmente haber copiado a Rey de Artieda.

Los nombres están sacados de la tradición y de las obras anteriores, un poco barajados, pero las constantes son los nombres de los Amantes; Elena que es la Eufrasia de Villalba y Rey de Artieda, la Drusila de Tirso, y, en este caso, aliada del pretendiente rico; Feliciano es el don Juan en Tirso; Luisa, que creía como todos muerto a Diego, reacciona como Isabel en Tirso, que cree ver a Diego cuando entra mezclado con los invitados. Esto tampoco es fortuito, puesto que una sombra o espectro le lleva el manto a Isabel en *Los Amantes* de Rey de Artieda. Los pretendientes de las últimas dos obras se valen de engaños para acelerar la prometida boda con Isabel, pero en la segunda, Elena, como parte interesada, es de gran ayuda. A diferencia de las otras, la variación importante es que Diego no cae muerto a la vista del público, pero se le ve casi inmediatamente, e Isabel le sobrevive solamente unos minutos. Tanto Tirso como Pérez de Montalbán, pues, escogieron detalles y escenas de la obra de Rey de Artieda para confeccionarlos a su modo, con gran acierto en ocasiones, desperdiciándolos otras, pero atentos al tema central.

1663-1700 En estas fechas hay dos parodias, una mojiganga y un llamado discurso moral.

1780 Joseph Tomás Garcés de Marcilla. *Memoria genealógica justificada de la familia que trae el so-*

brenombre Garcés de Marcilla... Considerada dudosa por varios investigadores no parece falsa, puesto que no hay motivos ulteriores.

Su autor, caballero de Montesa, gobernador de San Mateo, Valencia. Muy larga, razonada y aportando gran cantidad de documentos, parece ser que en vista de la polémica suscitada por la tradición de los Amantes de Teruel quiso dejar sentadas las cosas, como miembro que era de aquella familia según atestiguan sus apellidos, publicando la genealogía. De ella dicen los que la critican que está salpicada de sucesos imaginarios, pero faltan documentos que apoyen esta duda. Aun suponiendo que no todo lo que en ella se dice sea cierto, faltan motivos ulteriores, pues que se haga destacar a Diego, el Amante, es natural ya que es el causante de tan difícil tarea. No siendo ficticios los miembros de tan larga y establecida familia esa parte al menos debe respetarse. El capitán Garcés de Marcilla da como verdadera la muerte simultánea de los amantes en la iglesia, y censura el episodio de la alcoba como sacado de obras literarias inventadas sobre el caso. Que estaba bien enterado de ellas prueba el que errando su visión de lo que es historia y lo que es ficción literaria o dramática se queja de que varios dramaturgos trajeron el episodio al siglo XVI y él quiere ponerlo donde pertenece, en el siglo XIII. Tenemos, sin embargo, el llamado papel de San Pedro, en que consta el detalle del dormitorio [45]. Da por cierto que el padre se llamaba Martín y los tres hijos Sancho, Diego y Pedro, explicando que si uno decidió llamarse Martínez o Pérez de Marcilla era por no estar fijados los apellidos como más tarde, sino que igual podían tomar el patronímico del nombre del padre, el apellido de la madre o incluso

[45] En vista de la diferencia en fechas observada teniendo en cuenta las eras, la *Memoria genealógica* del capitán Garcés de Marcilla puede arrojar más luz y verdades de las que le conceden sus detractores. La que escribe tuvo oportunidad de consultarla en la biblioteca de la Universidad de Valencia buscando datos acerca de Andrés Rey de Artieda.

de otro miembro de la familia inmediata seguido del apellido del padre.

El presbítero Joaquín Ibáñes de Santa Cruz, en 1798, da noticia de cómo en Torremocha, por haberse concluido la línea de varones de las familias de los Martínez Marcilla y de Segura se casaron sus herederas con sendos hermanos, Jerónimo Ibáñes de Santa Cruz con Angelina Angosto Martínez de Marcilla, y el otro hermano, Miguel, con la de los Segura, cuyo nombre de pila no da. Tampoco da la fecha de dichos matrimonios, pero en la época en que escribe siguen en la misma familia, siendo uno de los poseedores de una de las casas Juan José Ibañes de Santa Cruz, hermano del presbítero que nos da estos datos. Esta noticia, que apunta Gascón y Guimbao, dice que más adelante se ocupa de los Amantes y nombra a don Pedro Ximénez de Segura, probablemente pariente de Isabel, nombrado obispo de Albarracín y Segorbe en 1272 [46]. Como alguien preguntara al presbítero Ibañes de Santa Cruz si era cierta la historia de los Amantes, escribió al entonces canónigo racionero de la iglesia de San Pedro en Teruel, quien le contestó con fecha 3 de agosto de 1798, y quien lo confirma, dando como día exacto el 18 de abril de 1217, y que Diego Juan Martínez de Marcilla murió en la habitación de Isabel de Segura, y ella en medio de la iglesia de San Pedro. Firma el racionero don Agustín Torres [47]. Esta carta refrenda la creencia del presbítero Ibañes de Santa Cruz, que se queja de los aditamentos de Yagüe en su epopeya.

1789 Manuel Fernández de Salazar. *Diario de la marcha del regimiento de dragones de Numancia desde Navarra a Murcia en 1788.* Se trata de una poesía

---

[46] Según la *Memoria genealógica* ese año murió el hermano fraile de Diego, así que Pedro Ximénez de Segura pudo sucederle en el cargo. Esto reafirma las relaciones entre las dos familias.

[47] Gascón y Guimbao transcribe la carta del racionero de la iglesia de San Pedro de Teruel Agustín de Torres. Dice que se trata de un libro rarísimo que poseía entonces el duque de T'Serclaes, conservado en la biblioteca turolense.

acerca de los Amantes como impresión de viaje al pasar por Teruel en la jornada que indica el título.

En 1791 y 1794 encontramos el tema de nuevo en dos piezas llamadas melólogos, género que Emilio Cotarelo y Mori calificó de soporífero, y atribuyó su invención a Rousseau. José Subirá explora esta clase de teatro en su obra en dos tomos, *El compositor Iriarte* (1750-1791) y *El cultivo español del melólogo.* Son piezas generalmente unipersonales, con excepciones; cortas en su mayoría, aunque hay varias en tres y hasta cinco actos. Tienen por tema un episodio histórico o un fragmento de la vida de algún personaje famoso, relatado en versos endecasílabos con acompañamiento de música puramente orquestal, sólo para subrayar lo declamado y dar el matiz propicio a la escena. Por ejemplo, hay uno titulado *Rodrigo,* otro *Florinda,* uno describiendo la muerte de *Inés de Castro,* otro sobre la de *Raquel.*

1791 Francisco Mariano Nifo y Cañigal. *La casta amante de Teruel, doña Isabel de Segura.* Escena patética. Se trata de un *melólogo,* al igual que la pieza que se consigna a continuación.

Del de Nifo *La casta amante de Teruel, doña Isabel de Segura* no se ha encontrado el texto musical, pero el literario lleva no menos de 47 indicaciones escritas al margen de los versos para guiar a la actriz en todo momento, a más de una detallada descripción del escenario y cuándo interviene la música. En este melólogo se trata únicamente la muerte de Isabel, pues Diego está ya tendido «en ademán de difunto».

1794 Luciano Francisco Comella. *Los amantes desgraciados. Scena trágico-lírica.* La música es de Blas de Laserna.

El crítico de *El Memorial Literario* dijo ser «del nuevo género y pestes de melólogos». Los personajes son doña

Isabel, su prima Elena, don Juan, marido de Isabel, y Diego, antiguo novio de Isabel y «enamorado» de Elena, queriendo decir que ella es quien estaba enamorada de él, puesto que éstos son los personajes sacados de la obra de Pérez de Montalbán. El don Juan de este melólogo es uno de los nombres que varían en su papel, y que proviene de *Los Amantes* de Rey de Artieda. Aquí es el Fernando de Pérez de Montalbán y el Gonzalo de Tirso.

1806 Isidoro de Antillón. *Noticias históricas sobre los Amantes de Teruel.* Buscando documentos relativos al tema, Antillón encontró una copia del «papel de San Pedro» sacada del protocolo de Yagüe de Salas, en la que se insertaron versos del propio Yagüe, circunstancia que hizo desconfiar a quienes no conocían los antecedentes y tomaron como apoyo los detractores de la tradición.

Tras las *Noticias históricas* de Isidoro de Antillón en 1806, en las que según varias fuentes se basó Hartzenbusch, la versión de éste es la más importante del siglo XIX.

1837 Juan Eugenio Hartzenbusch. *Los Amantes de Teruel.* Estrenada el 19 de enero de dicho año, objeto de esta edición.

1838 Isidoro Villarroya. *Marcilla y Segura, o los Amantes de Teruel. Historia del siglo XIII.* Copió el apócrifo de Antillón.

1842 Esteban Gabarda. *Historia de los Amantes de Teruel, con los documentos justificativos y observaciones críticas del autor.* Reimpresa en 1843, contiene, en su reconstrucción de los hechos, varios anacronismos en que se ceba Hartzenbusch.

1843 Juan Eugenio Hartzenbusch. «Los Amantes de Teruel», artículo publicado en *El Laberinto,* periódico de Madrid, en que el autor da noticias sobre el tema por primera vez en público, y cuyo único objeto parece ser rebajar a Esteban Gabarda.

1848-1900 Varias obras sobre el tema, como la parodia de Juan Martínez Villergas, pliegos que, basados en la novela de Villarroya, vendían los ciegos por las calles, un drama lírico burlesco de Eusebio Blasco, una ópera de Rosario Zapater, otra de Tomás Bretón, una parodia de Ángel María Segovia y su refundición con música de Nieto nos llevan a fin de siglo.

1903 Emilio Cotarelo y Mori. *El origen y desarrollo de la leyenda de los Amantes de Teruel.*

1907 *Sobre el origen y desarrollo de la leyenda de los Amantes de Teruel.* En esta segunda edición, corregida y aumentada, Cotarelo trata de desacreditar la tradición apoyándose en la opinión de su maestro Marcelino Menéndez Pelayo.

1908 Domingo Gascón y Guimbao. *Los Amantes de Teruel. Antonio Serón y su silva a Cintia.* Esta obra contiene la bibliografía más completa acerca de los Amantes hasta esa fecha.

No sin errores y con alguna fecha equivocada es, sin embargo, un verdadero filón para quien se interese por el tema. Muchas de las obras y estudios que cita como inéditos permanecen así hoy, por lo cual es preferible consultar dicha bibliografía antes de lanzarse a buscar títulos que no van a aparecer porque no han sido impresos. En tal estado se encontraban algunas de las primeras obras poéticas acerca de los Amantes, como la del propio Serón. Por primera vez se ven reunidas cuantas obras relativas al tema se conocían entonces, con fechas de publicación que revelan la firmeza de la tradición, puesto que es imposible que todos los escritores tuvieran acceso a lo que sus antecesores habían hecho. Transcribe numerosas notas, entre ellas la de Gayangos, que hemos preferido copiar del libro directamente y no de Gascón; anuncia una edición limitada a cargo de don Francisco Carreres y Vallo de *Los Amantes* de Rey de Artieda, obra de la que se conoce solamente un ejemplar que poseía el bibliófilo valenciano Vicente Salvá, ya entonces conservado en la Biblioteca Nacional. Con la dudosa fecha de 1850 apunta el análisis que de esta obra hizo Salvá y que envió a Hartzenbusch «y que éste dio a conocer». La verdadera fecha es 1847 según reza tal carta, que Hartzenbusch no publicó. Transcribe el texto que Yagüe de Salas hizo copiar en su protocolo y da amplia noticia de su epopeya de 1616, con una crítica inédita de Federico Andrés, y escritura copiada por Ramón Herrero y legalizada por dos escribanos sobre las notas antiguas de Yagüe que reprodujo Gabarda en 1864. Tras numerosas ediciones de la obra de Juan Pérez de Montalbán y otras ya mencionadas en páginas anteriores llegamos a la relación también citada del presbítero Joaquín Ibañes de Santa Cruz. En ella se hace mención del escudo de armas de los Martínez de Marcilla, pero sin describirlo. En la página 114 hay un grabado del escudo que publicó Gabarda de los Garcés de Marcilla. Más adelante encontramos referencia a cartas autógrafas con noticias de dicha familia de Bernardo Zapater y Marconell. Se indica que a dichas cartas acompañaba el escudo según está en la catedral de Albarracín, de 1509, en el que faltan las cadenas y la cruz de Santiago, difiriendo así del publicado por Gabarda, quien concedió escasa importancia a esta diferencia.

Gascón apunta además el artículo de *El Laberinto,* hace referencia a las cartas cruzadas entre Hartzenbusch y Gabarda, que cree fueron cinco, y a la crítica de Larra. No menos de 120 son los artículos, cuadros, poesías, novelas, obras de teatro (serias y burlescas) y demás nombrados por el autor, aunque entre ellos se cuentan varias ediciones de las de Montalbán y Hartzenbusch con sus revisiones. En conjunto no cabe duda de que había controversia entonces, como ahora. Mucho de este material ya lo nombra Cotarelo sin que sepamos de dónde lo sacó, puesto que en sus propias palabras:

> Claro es que tuve que hablar de textos y obras ya mencionadas por otros, porque en ellos está consignada la leyenda (no había de buscarla en el *Código de Manú*); y así hube de volver a examinar el apócrifo de la iglesia de San Pedro [48].

Habiéndose publicado ya el cancionero, y Gascón trabajando en la silva de Serón con la bibliografía que la acompaña, deducimos que tanto él como Cotarelo y otros investigaban la leyenda, pero con distintos fines. Tras estas aportaciones vienen otros trabajos y ediciones de la obra de Hartzenbusch, algunas muy completas y curiosas, pero que nombramos solamente en la bibliografía anotada para hacer hincapié en la importante contribución de Jaime Caruana Gómez de Barreda y la más completa y reciente de todas, la de Jean Louis Picoche.

1946 Jaime Caruana y Gómez de Barreda. *Los Amantes de Teruel. Tradición Turolense,* 4.ª ed., 1968.

1955 *Los Amantes de Teruel. ¿Tradición? ¿Traducción? ¿Historia?* Caruana tuvo a su cargo el volumen conmemorativo del cuarto centenario del descubrimiento de las momias. Impreso en 1958.

En el primero el autor apunta ciertos preliminares históricos acerca de Teruel y continúa con un preludio ambiental remontándose al año 1171, cuando reinando Alfonso II de Aragón y en lucha contra la morisma dio permiso a sus capitanes para que fundasen la villa de

[48] Cotarelo, *ob. cit.,* pág. 10. En la pág. 27 dice que por medio de un amigo se enteró de que los manuscritos de Serón estaban en la Biblioteca Nacional, y los consultó. Gascón y Guimbao dice no haber mantenido secretas sus investigaciones y estudio de las poesías de Serón, con lo cual otros pudieron verlas.

Teruel. Entre ellos nombra a don Blasco Marcilla y don Sancho Sánchez Muñoz, apellido este último que ya observamos que incluye Rey de Artieda en su obra como pariente de ambos amantes, apoyando la idea de que eran primos. Lleva Caruana la historia de la villa, a grandes rasgos, hasta 1212, fecha de la famosa batalla de las Navas de Tolosa. En la parte que sigue, la tradición, describe puntualmente los lugares antiguos de Teruel y lo que en su lugar existe hoy, con el relato de los amores y muerte de Marsilla y Segura. La narración está salpicada de notas corroborando fechas, detalles, lugares geográficos, pero, conforme hicieron Antonio Serón, Villalba, Güerta, Yagüe de Salas, y dando un gran salto Villarroya, Gabarda y Hartzenbusch, llena las horas y días de espera a su modo, en cinco capítulos producto de sus observaciones, estudio y la huella que los desgraciados amores de Isabel y Diego dejaron en él.

Tras la relación de jueces de Teruel y las pruebas que aduce de que es evidente que la tradición oral existe desde el momento del suceso, refiere lo hecho por Juan Yagüe de Salas, su epopeya y la copia en el protocolo. Observa Caruana que en los siglos XIII, XIV y XV nada se escribió en Teruel fuera de las relaciones de jueces, siendo lugar pequeño y sin literatura de ninguna clase, lo cual viene a confirmar nuestra idea de que tales relaciones se apoyaron en uno o dos hechos para corroborar el año de servicio de un juez determinado y nada más. De ahí su parquedad. De ahí que comience el relato:

> E pues decimos de males y guerras bueno es digamos de amores; no fictos, mas verdaderos,

sin que quien eso escribe dé su nombre ni ponga más fecha que la de 1217, siendo juez Domingo Celada, y no la fecha corriente, puesto que el lenguaje es más moderno, sino la de cuando ocurrió el suceso. Por eso el documento copiado por Yagüe es de fecha indeterminada, pero anterior al siglo XVI. Ya lo describe como de letra antigua. En un apéndice incluye el protocolo de Yagüe, con su preliminar en latín, dando luego toda clase de información respecto a fecha, relación de autoridades y testigos, siguiendo con el texto añadido en 1555. De éste dice Caruana que es posible que haga referencia a un anterior descubrimiento de los féretros, pues la forma verbal «siendo» parece indicar que ocurrió en el tiempo en que Miguel Pérez Arnal era juez de Teruel, dato que no ha conseguido, ya que no hay firma ni referencia a otros nombres que los del papel antiguo, Juan Martínez de Marcilla e Isabel de Segura, por primera vez llamada por su nombre de pila. Continúa la constancia de Yagüe apoyada por testigos visuales del hallazgo en 1555; parece inútil señalar que debían ser niños o muy jóvenes entonces, puesto que hay un lapso de sesenta y cuatro años. Caruana incluye el facsímil de Yagüe.

Repitiendo mucho de lo que el tema impone tratándose de un libro conmemorativo, Caruana se felicita de haber dado con el protocolo de Yagüe, prueba definitiva de la que da amplia noticia, reivindicando a Esteban Gabarda, cuya veracidad y honradez quedan en pie. Más para el interesado en la tradición que para el erudito este libro, con el antes nombrado, son de capital importancia para quien quiera estudiar el tema o las obras relativas a él.

1970 Jean Louis Picoche. *Los Amantes de Teruel.* Se trata de una edición crítica, en francés, del drama de Hartzenbusch. Estudio completísimo y que aporta nuevos datos en dos tomos.

Jean Louis Picoche ha realizado un trabajo ímprobo, copilando documentos de todas clases, consultando un sinfín de obras y escritos, dotando a su libro de un segundo tomo en que transcribe documentos, unos enteros y otros en parte, manuscritos, esquemas, comparaciones de textos, variantes, comentarios y notas aclaratorias.

El valor de esta laboriosa obra estriba en que Picoche ha ido directamente a los papeles de Hartzenbusch, conservados en la Biblioteca Nacional, comparando los textos de varias versiones manuscritas antecedentes a la obra que imprimió y estrenó y que ya comentamos. Asimismo encontramos entre los hallazgos de Picoche los datos que reunió nuestro autor y que en algunos casos calló cuidadosamente, como la carta de Salvá, el artículo del *Laberinto* en su primitiva forma, correspondencia entre Hartzenbusch y Gabarda, etc. [49].

Hartzenbusch y *Los Amantes de Teruel*

Tras estas diversas crónicas, noticias, poemas y obras de teatro, se ocupó Hartzenbusch de los Amantes. Alrededor de la trágica muerte de Isabel de Segura y Diego Marcilla, causada por su separación obligatoria y su reunión cuando era tarde, tejió nuestro autor una intrincada historia. Un cambio notable fue introducir nuevos personajes, como la madre de Isabel, que no aparece en otras versiones ni en la historia, varios moros y personas de las que se habla sin verlas en escena. El pretendiente rico es más desaprensivo que sus antecesores en el teatro. Para corregir errores trasladó Hartzenbusch el episodio a la verdadera fecha de 1217, y usó nombres aragoneses que aparecen en documentos de la época. Este laudable celo de restituir al siglo XIII uno de sus hechos más lamentables y hermosos tiene el inconveniente de que el autor respetó las fechas históricas, pero no los hechos.

En pleno apogeo romántico su obra *Los Amantes de Teruel* fue del agrado de muchos, que vieron con alivio que en una pieza tan repleta de conflictos amorosos v de

[49] Picoche asegura que Hartzenbusch estaba muy bien informado sobre la obra de Tirso que él llamaba anónima, y que la utilizó para saber precisamente qué *no* hacer en su versión. Dado cuánto copió de dicha obra no parece acertado el juicio de Picoche en este caso.

otras clases no había un solo suicidio, que era lo acostumbrado por aquellas fechas.

Impresa en Madrid por Repullés en 1836, estrenada en enero del año siguiente, esta obra consta de cinco actos, el cuarto dividido en dos partes, escrita en prosa y verso. El primer acto ocurre en Valencia, los demás en Teruel. Año 1217.

El anuncio de esta nueva obra no indicaba sino el título, por temor a que silbaran la pieza según había ocurrido con *Las hijas de Gracián Ramírez*. La función, a beneficio del actor Carlos Latorre, fue bien recibida y fue dicho actor, que desempeñó el papel de Marsilla, quien anunció al público el nombre del autor del drama. Cualquier crítica que se hiciera del estreno fue totalmente eclipsada por la del impetuoso y exhuberante Mariano José de Larra. Según él, en esencia:

> Drama en cinco actos, en prosa y verso... si en el asunto pudiera estar, la comedia de Montalbán que trata la misma tradición hubiera sido buena, o mala la de Hartzenbusch. Aquélla es, sin embargo, una pobre trama salpicada de trivialidades y lugares comunes, y ésta es un destello de pasión y sentimiento.
>
> ... ...
>
> ¿Cómo persuadir al auditorio que la amante de Teruel podía dar su mano a quien no fuese dueño de su corazón?... Inventando un episodio bellísimo en la pasión criminal de la madre de Isabel. ... [Isabel] cede al deber.
>
> ... ...
>
> Si Isabel y Marsilla sólo porque aman tienen derecho a conseguir el objeto de su pasión ante los ojos del espectador, el mismo derecho tienen Azagra y la mora, porque también aman.
>
> ... ...
>
> El señor Romea... ha hecho el [papel] de Azagra con tibieza. ¿Habrá creído acaso que es menos brillante que el de Marsilla?... Hemos oído culpar de largas y lánguidas varias escenas; confesando que algunas pudieran haberse descargado un tanto..., en el teatro escenas cortas mal di-

chas pueden parecer más largas que escenas realmente largas bien dichas.

... ...

No quisiéramos que el autor hubiese creído necesario recargar tanto en el papel de doña Margarita las exclamaciones acerca de su delito; hubiéramos querido eliminar algunas de las repeticiones inútiles de la palabra *adulterio,* malsonante, sobre todo delante de Isabel... [50].

No son pocos los que aluden al hecho de que Hartzenbusch había desistido de escribir más sobre la obra que tratamos cuando descubrió que Larra coincidía con él en su *Macías* [51], con una «prosa y todo» que resulta incongruente. Quienes tales aseguran creen a Hartzenbusch sin molestarse en indagar nada sobre Macías como trovador, Macías como una especie de espejo con distorsión del propio Larra, Macías como protagonista de *El doncel de don Enrique el Doliente,* novela en 40 capítulos de Larra, y su obra de teatro *Macías,* estrenada en 1834 y que fue antes novela. Por mucho que Larra niegue haber sacado su Macías de ninguna fuente histórica él mis-

---

[50] Asequible en muchas ediciones tanto de Larra como de *Los Amantes de Teruel* de Hartzenbusch, se encuentra esta crítica en *Clásicos castellanos,* tomo 52, pág. 260, en edición de José Lomba y Pedraja. En la pág. 74 está la primera salida a escena de Julián Romea, y en las 206 y 207 de la crítica de *El trovador* el comentario sobre los hermanos Romea.

[51] Según Gonzalo Argote de Molina en su *Nobleza de Andalucía,* el trovador Macías, al servicio del Marqués de Villena, tenía amores con una joven a quien el marqués, en ausencia de Macías, casó con otro. Como siguiera cortejándola y ella correspondía, el marido hizo encerrar a Macías en Arjonilla, donde encadenado seguía componiendo versos a su amada. Un día el marido, viéndole quejarse de sus amores en la ventana, le arrojó la lanza, causándole la muerte. Dice estar enterrado en la iglesia de Santa Catalina en el castillo de Arjonilla, con la lanza sobre su tumba. Hoy día el castillo se encuentra en ruinas, pero Arjonilla hace honor a «Macías el Enamorado», y en la iglesia del pueblo hay un sepulcro de piedra (que se utiliza como altar) sin letreros de ninguna clase que llaman «el enterramiento» de dos que fueron encontrados en el castillo, habiendo llevado uno a la catedral de Jaén.

mo se contradice cuando asegura que la vida de Macías pertenece al historiador, y sus pasiones al poeta, luego reconoce que no es un personaje ficticio. Aparte de ser un tema fascinante, pero que no cabe en este libro, debemos decir que no sólo parece improbable la coincidencia, sino que la historia de Macías y la de los Amantes no tienen el parecido que algunos quieren adjudicarles. En cuanto a ser ficticio Macías, ahí están sus poesías en el cancionero de Alonso de Baena, en *Nobleza de Andalucía* de Gonzalo Argote de Molina, y de alguna parte sacó Larra los versos de poetas que aparecen en el cancionero de Baena y que preceden algunos de los capítulos de su *Doncel*[52].

A Ramón de Mesonero Romanos le gustó la obra, y en parte para compensar a Hartzenbusch por su despiadada crítica, años antes, de *Las hijas de Gracián Ramírez o la restauración de Madrid,* propuso al autor para miembro del Ateneo de Madrid. Alabanzas sin límite prodigaron a obra y autor sus contemporáneos Eugenio de Ochoa, Aureliano Fernández-Guerra y Orbe y Antonio Ferrer del Río.

Algo habría de verdad en la crítica de Larra y alguna otra censura cuando Hartzenbusch reformó su obra en 1838. En el mismo año Isidoro Villarroya escribió su novela, copiando el papel antiguo de San Pedro que resultó ser copia del apócrifo, conteniendo versos de Yagüe de Salas. Según Gascón y Guimbao es lo mejor que se ha escrito sobre los Amantes, y añade que fue muy difundida.

Los Amantes de Teruel no gustó en la ciudad donde se desarrolló el episodio por el motivo que expresó Esteban Gabarda en su historia documentada de 1842, o sea, la de hacer aparecer adúltera a la madre de Isabel. Gabarda, por otra parte, admiraba a Hartzenbusch, pero en este asunto expresó su opinión. Cuando el libro de

[52] De Macías son los números 306 a 310, ambos inclusive, del *Cancionero de Baena.* El primero de éstos y un epitafio escrito por varios caballeros, con la lanza, recoge Argote de Molina en la pág. 545.

Gabarda se reimprimió en 1843 Hartzenbusch se vio obligado a defender su posición y publicó un largo artículo en *El laberinto,* en el que se expresa así:

> En primer lugar, el señor Gabarda se equivoca lastimosamente creyendo que pueda mancillar la memoria de alguien un hecho que se da por fingido: ficción, invención, fábula es el drama, y no historia, y por consecuencia ni los elogios ni los vituperios que se aplican a un personaje histórico en una fábula le hacen mejor ni peor que fue. En segundo lugar, filosófica y justamente pensando, la mancilla, caso de haberla, recaería sobre el personaje vicioso, extendiéndose cuando más a los que le dieron el ser y la educación; y como yo me he guardado muy bien de poner apellido a la madre de Isabel, no sé cómo puede haber familia que pierda por este concepto.

El artículo da principio con una nota acerca del motivo que le impulsó a publicarlo. Sigue la historia de los Amantes, la referencia comentada a Boccaccio, a Tirso de Molina, Pérez de Montalbán, Yagüe de Salas, Blasco de Lanuza y Andrés Rey de Artieda, de cuya obra dice tener noticia. Inserta la relación que Yagüe de Salas hizo copiar en su protocolo, el juicio de Antillón y sus propias conclusiones. A continuación hace una crítica de la historia de Esteban Gabarda para justificar el lunar que este encontró en el drama y, no cabe duda, para rebajarle. Defendiendo su libertad de crear personajes como le plazca dice: «Si el señor Gabarda me manifiesta con documentos contemporáneos cómo se llamó la esposa de don Pedro Segura, y que fue mujer de virtud sin tacha, yo me obligo a corregir mi composición de ese que el señor Gabarda mira como tan grave defecto.»

En la versión de 1836 hay varias historias que se empiezan y no se terminan, alusiones a personas y hechos que no conducen a ninguna parte, senderos que nos desvían en todas direcciones y una serie de absurdos de mayor o menor importancia. Según el primer acto, ¿cuál es el tema de la obra? Hay una reina mora que en ausencia de su marido quiere hacerse amar por un cautivo cristiano a quien hará la vida imposible si la rechaza. Ramiro, que así se llama, quiere salir de su cautiverio y escribe un mensaje en un lienzo con su sangre y un pincelito hecho de sus propios cabellos. Además, cómo pudo escribir nada en la oscuridad ni saber cuánto tiempo había transcurrido, puesto que no saben cuándo le hizo efecto el narcótico. Aquí se diluye la historia del Amante entre adornos y colorines, un moro leal al rey sirviendo a la reina, ésta fingiendo ser quien no es, y un espía moro.

En el segundo acto no se comprende por qué siendo Pedro el ofendido es Martín quien anula el desafío, ofreciendo su vida sin resistencia, incidente que Margarita interpreta como que le ha salvado la vida a su marido. La escena entre ambos desmiente todo cuanto sigue. Si Rodrigo de Azagra sabe que Isabel se casará con él en caso de que Diego no vuelva a tiempo, que ya se vence, ¿por qué recurre al chantaje? Sabe además que Margarita no es quién para negarle a su hija, puesto que es el padre quien manda. Si la madre en verdad quiere ayudar a su hija, ¿no es extraordinario que se refiera tanto a su adulterio y las consecuencias que su delito de hace años pueda acarrearle? No piensa en el honor de su marido, sino en ella misma. Si Pedro Segura es tan pundonoroso él será el primero a quien interese que no se sepa la falta cometida por su mujer, y todo quedará dentro de la familia. Ella es quien escribió las cartas, y ella y no su hija debe sufrir las consecuencias. El autor se empeña en inventar un motivo falso poniendo en tela de juicio la integridad y el honor de personas reales, aunque en la obra sean ficticias. ¿Sabe esto el público o lo va a creer a pie juntillas porque el título dice que la obra trata de los Amantes? La noticia de la muerte de Diego que trae Zulima es creída por la joya que de él trae, lo cual provoca la reacción esperada en Isabel. El cambio operado en Rodrigo es demasiado brusco para ser creído; de repente se conforma con ser marido de Isabel sólo en nombre, y hasta devuelve las cartas menos una que se le olvidó. Incluso deja libre a

Isabel, que ha de obedecer a su padre y sabe que la culpa de su madre igual se descubrirá por una carta que por varias. Hace falta un motivo más sólido para defender el episodio de la intriga entre Azagra y Margarita, puesto que Isabel no dispone de sí misma. Hartzenbusch mismo señala esto claramente cuando pone en boca de la madre la declaración de que así las casan a todas, por imposición de los padres, por obediencia, obligación que ahora, por mucho que quieran limpiar al personaje, impone Margarita a su hija. Veamos si no, por qué, en lugar de ir a la iglesia, donde sabe que están todos, va a su casa y se entretiene hablando con Martín. ¿Lo hace a propósito para que llegue tarde, y cubre las apariencias yendo a su casa?

La escena del bosque está un poco confusa también; Zulima parece cubrir distancias y tiempo con sus fechorías, que Martín conoce, sin que esté claro cómo, puesto que sólo puede saberlo en parte. Diego es anunciado por un criado en la casa, pero entra por una ventana. Si ha ido a ver a Rodrigo, ¿cómo es que se batieron hace rato y Pedro Segura ha ido en su auxilio? De repente Margarita, que había ido a recibir a Diego, y su marido, que estaba ausente, entran sin que haya habido tiempo para explicar la ausencia de una visita que se anuncia y el regreso de Pedro.

En las versiones de 1838-1850 se ha tenido cuidado de cambiar el diálogo (reduciendo considerablemente la prosa) para incluir nombres que van a aparecer más adelante; se pone en antecedentes a Isabel sobre el viaje a Monzón, se cambia considerablemente el episodio de Roger de Lizana y se reducen las alusiones al adulterio. Poco más se cambia de gran importancia, pero choca en el último acto ver que hay una casa rodeada de moros de la que entra y sale Adel, moro, sin dificultad, mientras que Diego entra por una ventana. Hay muchas idas y venidas de gente que pasa por la habitación de Isabel como si fuera el recibidor, y con todo no se cruzan las personas que hay en la casa; Isabel ni siquiera sabe que Zulima está allí. Todos saben que Diego ha vuelto menos Teresa e Isabel. ¿Cómo se explica eso? La madre podrá haber elegido mejor su vocabulario, pero no resulta menos egoísta por ello. No está claro cómo muere Marsilla. Muchas más cosas podríamos señalar, pero baste decir que los bosquejos encontrados por Picoche demuestran que Hartzenbusch trató esta obra como tantas otras, cuya primera versión no le satisfizo, aunque imprimió la que podríamos llamar quinta o sexta, y siguió enmendando éste su mayor éxito hasta confundir a todos cuantos han hecho ediciones de *Los Amantes de Teruel*. A este constante reformar se debe que quienes hacen un resumen previo incurran, al parecer, en errores por no ajustarse todos a la misma versión; aunque esto ocurra solamente a ojos del lector que no tiene noticia de que tantas versiones existen, todas revisadas por su autor. Por todo lo expuesto es incongruente que haya quien acepte y trate de imponer esta versión como nada menos que la «definitiva» de la leyenda, cuando es claro que los Amantes están relegados a segundo lugar o a un tercero, puesto que la intriga inicial de la reina mora y la subsecuente de Azagra y el chantaje a Margarita tienen mucha más fuerza. Isabel resulta víctima y Diego decepcionado. La muerte ocurre en circunstancias que solamente conociendo la tradición se sobreentienden.

De las varias versiones que siguieron a la primera escogemos como ejemplo la de 1850 que publicó Álvaro Gil de Albacete. Anotamos algunos de los cambios más importantes. En el primer acto el dormitorio de la reina mora está aún más adornado que en la primera versión, con el cautivo narcotizado, Adel y Zulima hablando sobre él y su proyecto de huir con él porque el rey moro ha ido a buscar otra sultana tras haberle prometido que no haría tal cosa. El puñal envenenado que tiene a punto para matar al rey moro servirá para matar al cautivo si la rechaza. Tras la historia de Diego y el aviso del lienzo, Zulima le dice que le dará muerte, o lo volverá al calabozo y le llevará la noticia de que Isabel se ha casado. Sale Osmín, espía que reemplaza a Zeangir, y avisa a la reina del peligro que corre por su doble traición. Se oyen gritos, entra Adel, que entrega a Diego una espada, mientras Zulima deja paso a una cuadrilla de bandidos, y termina el acto con gran confusión y lucha.

En el segundo acto Pedro Segura explica a su hija que en Monzón, Roger de Lizana trató de matarle, pero Rodrigo de Azagra acudió en su socorro, y en agradecimiento Pedro le prometió la mano de Isabel sin consultar con ella. Teresa, criada, anuncia a Martín Marsilla. La anterior, Mari Gómez, decía latinajos de vez en cuando; Teresa adolece de gran verbosidad y muy poca educación. Zanjado lo del duelo viene la escena de la madre penitente con Isabel, y el cambio del vos al tú. Isabel escucha oculta la conversación entre Rodrigo y Margarita. Esta vez las cartas no llevan firma, pero Pedro reconocerá la letra. Margarita da a entender que comprende, pero no hace alusiones al adulterio. Se van y sale Isabel de su encondite pensando en lo que ha oído cuando anuncian al viajero de Palestina. Zulima no lleva joya esta vez; dice que a la reina mora la salvó el jefe de una cuadrilla de bandoleros que anda cerca. Isabel se desmaya y cuando vuelve en sí dice que no dará su mano a Azagra sino muerta. Margarita trata de inclinarla hacia Azagra; le parece que no oyó lo de las cartas comprometedoras y sutilmente lo repite. Isabel accede por salvar a su madre. Sola Margarita duda de si obra bien, pero acaba diciendo que su hija infeliz debe perdonar las tiranías del honor.

En el tercer acto una locuaz Teresa ayuda a vestir a la triste Isabel; Margarita ha ido a curar a Jaime Celada. Sigue la escena con Rodrigo y su cambio completo, pero no hay cartas. Llegan don Pedro y otros para llevarse a Isabel a la iglesia. Teresa dice que el herido empieza a volver en sí pero Margarita avisa que si no está allí al toque de vísperas es que no puede acudir; que la esperen en la iglesia. Todos se van menos Martín. Llega Adel buscándole, preguntando por Diego, qué ha pasado a Jaime Celada, dónde está el joven que llevó la noticia falsa, y dice que acaba de averiguar que Zulima fue a Teruel disfrazada de hombre, así que será ella la que mintió. Llega Margarita llamando a su hija, y en una escena mucho más breve que la de la primera versión exclama: «¡Hija de mis entrañas!», cuando se oye el toque de vísperas.

La segunda parte del tercer acto presenta a Marsilla atado a un árbol, lamentándose de su suerte. Pasa por allí Zulima que le da la noticia de que Isabel se ha casado y que vienen de Teruel tras ella, así que ellos le librarán. Así ocurre; Martín y otros aparecen y desatan a Diego. Cerciorado de la noticia que le dio Zulima reacciona violentamente y van todos a Teruel.

El cuarto acto se abre en la habitación de Isabel en la casa de Azagra. Martín y Pedro hablan de lo ocurrido. Zaén y su cuadrilla están en la cárcel, la gente agredió a los presos y en la confusión Rodrigo salvó a Zulima, que se ha refugiado en la misma casa. Pedro pide a Martín que ahuyente a los moros que la reclaman y él la dejará escapar y allá se las entienda. Martín accede y advierte a don Pedro que Diego piensa vérselas con Rodrigo. Entra Teresa diciendo que ha visto un fantasma: Diego llevando del brazo a Rodrigo camino del cementerio. Don Pedro comprende que van a batirse y corre en su busca. Entra Isabel al tiempo que se van y llega Adel a hablarle. Por él se entera de que Zulima está en la casa, pero se niega a entregarla; su venganza es perdonarla, porque persiguió a Diego por amor. Deja a Adel solo, que no teniendo qué hacer allí, se va. Entra Diego por la ventana. Sigue la escena de la reunión y recriminaciones, pide Marsilla el beso que se le niega y dice que ha dejado a Azagra herido y gritando que su sangre costará cara. Isabel quiere ir a socorrerle para evitar más complicaciones. Queda solo Marsilla; se oyen gritos y voces, vuelve Isabel, le ase de una mano y se van los dos. Entra Adel perseguido por unos caballeros con Pedro y Margarita. Adel explica que mató a Zulima por orden del rey y porque ella iba a matar a Diego con el puñal del primer acto. Pide que busquen a Marsilla para que corrobore sus palabras, pero sale Isabel mostrando a Diego tendido en un escaño. Adel cree que Zulima le ha matado, pero Isabel dice que fue el dolor. Pidiéndole perdón va hacia a él, pero cae antes de llegar.

Aparte la tradición, en la que todas las obras mencionadas hasta ahora están basadas, Hartzenbusch quiso volver el episodio al siglo XIII, de donde lo habían sacado Tirso y Pérez de Montalbán, y para ello hizo pesquisas sin fin. De ahí que mencione a Domingo Celada, por ejemplo, pero sin decir quién es, ni dar explicaciones acerca de su celo por incorporar detalles históricos marginales. De la obra de Picoche, basada en los manuscritos y papeles de todas clases de Hartzenbusch, se desprende que, aparte el fragmento de novela publicado en la bibliografía de su hijo, había cuatro versiones distintas, más o menos acabadas o bosquejadas con partes muy avanzadas —ninguna de las cinco parecidas al *Macías* de Larra—, con escenas muy complicadas en los varios textos, pero con algunas constantes: hay un Jaime que aparece desde el principio (1834), las cartas comprometedoras, a las que se da importancia varia también y van de firmadas a escritas falsamente para deshacer un nudo sentimental de otra persona, y una Zulima que espera a llegar a Teruel para declarar su amor a Marsilla, y que lo difama para hacer que Isabel cambie de parecer. Hay viajes a Valencia y a Teruel desde dicha ciudad y encuentros casuales en camino, como si estuvieran a diez metros de distancia. Lo cierto es que constan la intriga de los moros y Zulima, las cartas y proyecto de rescatar a un cautivo en Valencia, que puede ser Diego o Roger de Lizana, según la versión. Desde el principio, pues, Hartzenbusch pensó en hacer adúltera a la madre —personaje que rara vez aparecía en el teatro español, y que en obras como ésta podría permanecer en su anonimato— y en poner al menos dos traidores, Azagra y Zulima, valiéndose de personajes creados o bosquejados por tantos antecedentes como hemos nombrado: Eufrasia, Elena, Drusila, Luisa, el pretendiente rico, como quiera que le llamen, variando su cometido. El padre,

Martín, también aparece desde el primer momento, como Adel, que en una versión incluso se dice que era ya conocido de Martín. De ahí que el nuevo embrollo de la segunda versión, que brevemente resumimos, venga de estos manuscritos incompletos, pues así consta en el tercer y cuarto bosquejo donde claramente Zulima, habiéndose refugiado en casa de Azagra, es salvada por Isabel. A estas versiones preliminares obedecen las faltas de la obra.

Fuentes y silencio de Hartzenbusch

Según se desprende de la tradición existente antes que ningún documento, investigaciones y expresiones artísticas llevadas a cabo acerca de los Amantes de Teruel, vemos que las primeras impresas no son las más antiguas, sobre todo en el caso de Serón. El libro de Alventosa del que se tiene solamente la referencia ya expuesta no puede ser de gran ayuda, y esto nos deja con el *Florando de Castilla* de Güerta, y *Los Amantes* de Rey de Artieda como los difusores más probables de la tradición y su renacimiento. Esta eliminatoria apunta más y más a Rey de Artieda como el centro de donde salen todas las demás versiones dramáticas, puesto que en la suya se basaron quienes le siguieron, como queda demostrado con un simple cotejo. Todos cuantos se han ocupado del tema se han encontrado con nuevas aportaciones a la bibliografía existente y que gracias a Gascón y Guimbao puede ser estudiada en muchos aspectos. Aparte de la aportación de Cotarelo y Mori y de la de Caruana, el libro que más documentos aporta es el de Picoche. Su estudio nos brinda la transcripción de notas que Hartzenbusch tomó para su propio uso y guía, y los documentos en que se basó. Los principales entre estos hallazgos son copias de la relación antigua, la relación de jueces de Teruel, la *Memoria genealógica* del capitán Garcés de Marcilla, la poesía de Manuel Fernández de Salazar, a la que puso notas, y la carta del librero Salvá con descripción y resumen de *Los Amantes* de Rey de Artieda. Parece mucha inercia no haber seguido más activamente la pista de esta última obra, anterior a la que Hartzenbusch se empeña en llamar «la anónima publicada por Tirso». Según transcribe Picoche, Hartzenbusch recibió carta de don Vicente Salvá, fechada en París, a 22 de abril de 1847, en la que habla de la «libre introducción de mi biblioteca», como asunto conocido por ambos, y tras la despedida incluye una cumplida referencia y resumen del argumento de la obra nombrada [53]. Sin embargo, en el artículo de *El laberinto,* 1843, ya sabía mucho Hartzenbusch acerca de dicha obra, lo cual da qué pensar. La que escribe, a pesar de las notas publicadas por Picoche, no está convencida de que Hartzenbusch no supiera más de lo que le indicó Salvá, ni que considerara la obra de Tirso anónima de verdad, motivo por el que la trató como lo hizo en sus ediciones de los clásicos según él. Una ligera nota en una de tales ediciones reconociendo que debía mucho a la obra de Tirso y la de Pérez de Montalbán no parece suficiente para acreditar a los demás con lo que le proporcionó un gran éxito. El artículo de *El laberinto,* por otro lado, no tenía otro objeto que criticar a Esteban Gabarda, amén de aprovechar la coyuntura para alardear un poco de su erudición diciendo cuánto sabía acerca del asunto. Lo cierto es que ni en la primera ni en las siguientes

[53] Dicha carta, sin duda publicada por primera vez por Picoche, se encuentra en el tomo II de su obra, págs. 195-196, con resumen detallado de la obra en cuestión, la edición, los preliminares, número de personajes y sus nombres, el argumento sin dejar fuera nada importante tocante a la leyenda. Ya queda indicado que Hartzenbusch conocía la existencia de *Los Amantes* de Andrés Rey de Artieda desde 1842 o antes, puesto que da detalles que no se pueden sacar nada más del título, pero persiste el silencio. Cayetano de la Barrera y Leirado, cuya valiosa obra está basada en parte en catálogos, anota en la pág. 324 que Salvá en 1848 *(sic)* dio extensa noticia de dicha obra a Hartzenbusch para incluir en su volumen de Tirso de Molina, y asegura que la imprimió entre las ilustraciones al volumen, lo cual no es cierto. No es, sin embargo, Barrera quien dice falsedades aquí, sino que fiándose de la palabra de Hartzenbusch no esperó a ver impresa dicha noticia, que como sabemos fue eliminada por razones que no se expresan.

versiones puso Hartzenbusch una sola nota, como hizo con tantas otras de sus obras. Este silencio parece indicar que confiando en que nadie conociera más versión que la de Pérez de Montalbán podía vanagloriarse de haber hecho una obra original dentro de lo que cabe, y que nunca pensó en dar crédito alguno a sus fuentes.

Respecto a la poesía de Manuel Fernández de Salazar las notas de Hartzenbusch demuestran que conocía la leyenda lo suficientemente bien como para interpretar lo que en tal punto sucedía o encuadraba con otras versiones. No se aparta de la tradición el autor de este poema, pero asigna el «día 17» como el día en que se inicia el relato, sin revelar si se trata del principio de la historia o del final [54]. Los amantes se llaman Isabel y Juan Martínez de Marcilla. La nota 3; sin fundamento alguno, indica que el amante fue a servir al rey «Jaime el Conquistador» (que era niño entonces); la nota 6 dice «en 1217», sin que los versos que la ameritan tengan nada que ver con tal fecha, porque en ellos Isabel dice al marido que no besó a Marcilla por no parecerle honorable. La nota 13 se hace eco de que el cura que casó a Isabel está enterrado en una tumba alta en la misma capilla y también incorrupto, dato que hemos visto en varios libros. La nota 14 dice que nada se sabe del marido. La última estrofa puede interpretarse, prescindiendo de las notas de Hartzenbusch y de la ambigüedad del poeta, como que el *tercer lugar y último* (o sea, el tercero y último lugar) sea para quien negó su paradero, o sea, el marido. Estos detalles apuntan a la versión de Andrés Rey de Artieda, que calló el nombre del marido, cuyo comportamiento fue honorable en todo momento.

Otras muchas fuentes fueron utilizadas por Hartzenbusch para tejer su historia alrededor de *Los Amantes de Teruel,* desde historias como la de Jerónimo Zurita, Conde [55], el Padre Mariana, el libro de Gabarda y al menos

[54] El racionero Agustín de Torres da como fecha el 18 de abril de 1217 en su carta de 13 de agosto de 1798 al presbítero Joaquín Ibañes de Santa Cruz. (Página entre notas 62 y 63.)

[55] La única noticia que he encontrado de Conde es la que apa-

dos genealogías, a escritos de todas clases. Observa Picoche que todas estas lecturas y otras posteriores aumentaron la cultura de Hartzenbusch, pero no por ello alteró su obra.

El texto

Huyendo del primitivo en cinco actos, con varias ediciones que ya contienen variantes, y conociendo la existencia de los manuscritos que datan de 1834, a más de correcciones y alteraciones del texto, habíamos elegido el de 1849 por varias razones: la primera, por estar esta versión en cuatro actos y haber sido la más utilizada a partir de su impresión, pero hemos descubierto que Hartzenbusch no estaba conforme con las ediciones impresas en el extranjero, concretamente Alemania y Francia, y que aun la aparecida en Madrid en 1849 es corrección de la de 1850 impresa en París, teniendo en cuenta retrasos y exigencias editoriales: la edición parisina, Baudry, 1850, está en un grueso tomo que contiene otras obras del autor, mientras que la de Madrid es suelta, y máxime residiendo el autor en dicha ciudad no es extraño que pudiera revisar su última versión que, según Picoche, data de 1848. Únicamente de la comparación minuciosa de grandes segmentos de varios textos se puede establecer de cuál se trata, lo que explica que la edición de Álvaro Gil de Albacete en «Clásicos Castellanos», amén de otros errores, indique ser la segunda de 1849 editada por Baudry en París, 1850, puesto que son distintas. La nuestra, aunque lleva fecha de 1864, es la de 1858, versión mejorada de la madrileña de 1849, según la colec-

rece en el *Diccionario de literatura española* editado por Germán Bleiberg y Julián Marías. (*Revista de Occidente,* 3.ª ed., Madrid, 1964.) José Antonio Conde, nativo de Cuenca, en cuyo seminario estudió, así como en Alcalá, bibliotecario, afrancesado, conocido como arabista, su última obra se puso en tela de juicio, y hoy está desacreditada. Producto de sus escasos conocimientos.

ción de comedias difundida por el Museo Dramático Ilustrado, Barcelona, 1864, en que constan varias comedias de diversos autores, antiguos y modernos, nacionales y extranjeros. *Los Amantes de Teruel* de Hartzenbusch se encuentra en el tomo II, número 25 de las 48 de que consta. Estas comedias se publicaban por entregas, una o dos semanales, perteneciendo a nuestra obra las 61 y 62. Picoche apunta esta serie como en ocho volúmenes y a partir de 1866, pero el ejemplar que tenemos a la vista dice muy claro 1864, con pie de imprenta en varias obras «Narciso Ramírez», por ejemplo, las entregas 59 y 60, 65 y 66, mientras que otras, como *Los Amantes de Teruel,* solamente llevan el número de entrega y la aprobación al final.

Nota a esta edición

Se ha conservado la ortografía de Hartzenbusch en palabras como *excusa* o *pretexto* que él escribe con s, pero la acentuación se ha modernizado según las normas actuales, y se han corregido tres erratas.

En las notas, se señalan los cambios más notables con respecto a otras versiones.

Bibliografía selecta

Versiones de la leyenda de los Amantes

CARUANA GÓMEZ DE BARREDA, Jaime, *Los Amantes de Teruel, tradición turolense,* 4.ª ed., Valencia, Ecir, 1968.

— *Los Amantes de Teruel,* volumen conmemorativo del IV centenario del descubrimiento de sus momias (1955), Zaragoza, La Editorial, 1958.

COMELLA, Luciano Francisco, *Los Amantes de Teruel, escena trágico-lírica.* Sin lugar ni fecha.

COTARELO Y MORI, Emilio, *Sobre el origen y desarrollo de la leyenda de Los Amantes de Teruel,* Madrid. Tipografía de la revista *Archivos,* 1907, segunda impresión aumentada y corregida.

GARCÉS DE MARCILLA, Joseph Tomás, *Memoria genealógica justificada de la familia que trahe el sobrenombre...,* Madrid, 1780.

GÜERTA O HUERTA, Jerónimo de, *Florando de Castilla, lauro de caualleros,* Juan García Callejas, Alcalá de Henares, 1588, 2.ª ed., Madrid, *BAE,* tomo XXXVI, 1855.

HARTZENBUSCH, Juan Eugenio, *Los Amantes de Teruel,* Madrid, Repullés, 1836.

— Domínguez, 1849.

— En *Obras escogidas de don Juan Eugenio Hartzenbusch,* edición de Eugenio de Ochoa, París, Baudry, 1850.

— En *Obras escogidas,* edición alemana dirigida por el autor, Leipzig, Brockhaus, 1863.
— En *Museo Dramático Ilustrado,* Vidal y Cía., Barcelona, 1864; Madrid, Cuesta, 1879.
— Edición de Álvaro Gil de Albacete, en Clásicos Castellanos, Madrid, Espasa-Calpe, 1954.
— Edición de José Hesse, Madrid, Aguilar, 1967.
PICOCHE, Jean Louis, *Los Amantes de Teruel,* París, Centre de Recherches Hispaniques, 1970.
— Edición española de Salvador García, Madrid, Castalia, 1971.
NIFO, Francisco Mariano, *La casta amante de Teruel, doña Isabel de Segura. Escena patética,* Valencia, Estevan, 1818.
PÉREZ DE MONTALBÁN, Juan, *Los Amantes de Teruel,* Alcalá de Henares, 1638.
REY DE ARTIEDA, Andrés, *Los Amantes,* Valencia, Vda. de Huete, 1581.
— En edición de Francisco Carreres y Vallo, Valencia, Manuel Pau, 1908.
— Edición de Eduardo Juliá Martínez, en *Poetas dramáticos valencianos,* Madrid, Tipografía de la revista *Archivos,* 1929.
— Edición de Carmen Iranzo, en Temas de España, número 92, Madrid, Taurus, 1971.
SERÓN, Antonio, *Antonio Serón y su silva a Cintia,* edición y prólogo de Domingo Gascón y Guimbao, Madrid, Hernández, 1907.
TÉLLEZ, Fray Gabriel (Tirso de Molina), *Los Amantes de Teruel,* varias ediciones, incluso la de Juan Eugenio Hartzenbusch en *BAE,* tomo V, 7.ª ed., 1924.
— Edición de Blanca de los Ríos, Madrid, Aguilar, 1946.
— Edición de Carmen Iranzo, en Temas de España, número 92, Madrid, Taurus, 1971.
VILLALBA, Bartolomé de, *El pelegrino curioso y grandezas de España,* Madrid, Sociedad de Bibliófilos Españoles, 1889.
YAGÜE DE SALAS, Juan, *Los Amantes de Teruel, epopeya trágica,* Valencia, Mey, 1616.

Obras de Juan Eugenio Hartzenbusch

Ensayos poéticos y artículos en prosa, literarios y de costumbres, Madrid, Yenes, 1843.

Obras escogidas, prólogo de Eugenio de Ochoa, París, Baudry, 1850.

Obras escogidas, edición alemana dirigida por el autor. Prólogo de Antonio Ferrer del Río, Leipzig, Brockhaus, 1863.

Obras, en edición de escritores castellanos líricos. Con la biografía del autor y juicio crítico de sus obras por Aureliano Fernández Guerra, Madrid, Tello, 1887.

Teatro escogido de Fray Gabriel Téllez, conocido con el nombre de El Maestro Tirso de Molina, Madrid, Yenes, 1839-1842.

Comedias de don Pedro Calderón de la Barca, Madrid, *BAE,* 1848-1850.

Comedias escogidas de Fray Gabriel Téllez, Madrid, *BAE,* 1850.

Comedias de don Juan Ruiz de Alarcón y Mendoza, Madrid, *BAE,* 1852.

Comedias escogidas de Frey Lope Félix de Vega Carpio, Madrid, *BAE,* 1853-1857.

«El Ingenioso Hidalgo Don Quijote de la Mancha», compuesto por Miguel de Cervantes Saavedra, Argamasilla de Alba, Rivadeneyra, 1863.

Las 1.633 notas puestas por el Excmo. e Ilmo. señor don Juan Eugenio Hartzenbusch a la primera edición de «El ingenioso hidalgo», Barcelona, Ramírez y Cía., 1874.

Estudios sobre Hartzenbusch y su obra

Fernández Guerra, Aureliano, *Hartzenbusch, estudio biográfico crítico,* Madrid, Imprenta de la Compañía de Impresores y Libreros, sin fecha.

FERRER DEL RÍO, Antonio, *Galería de la literatura*, Madrid, Mellado, 1846.
HARTZENBUSCH E HIRIART, Eugenio Maximino, *Bibliografía de Hartzenbusch (Excmo. Sr. D. Juan Eugenio) formada por su hijo*, Madrid, Sucesores de Rivadeneyra, 1900.
HEINERMANN, Theodor, *Cecilia Böhl de Faber (Fernán Caballero) y Juan Eugenio Hartzenbusch*, Madrid, Espasa-Calpe, 1944.
IRANZO, Carmen, *Juan Eugenio Hartzenbusch*, Twayne, Boston, TWAS, núm. 501, 1978.
PICOCHE, Jean Louis, véase *Versiones sobre la leyenda de los Amantes*.

Obras generales consultadas

ALBORG, Juan Luis, *Historia de la literatura española*, Madrid, Gredos, 1966.
ALCINA FRANCH, Juan, *Teatro romántico*, Barcelona, Bruguera, 1968.
ALMELA Y VIVES, Francisco, *Ramillete de bibliófilos valencianos*, Valencia, Castalia, 1950.
ARGOTE DE MOLINA, Gonzalo, *Nobleza de Andalucía*, Jaén, Instituto de Estudios Jienenses, 1957.
BAENA, Juan Alfonso de, *Cancionero*, siglo XV, Madrid, Rivadeneyra, 1851.
BARRERA Y LEIRADO, Cayetano Alberto de la, *Catálogo bibliográfico y biográfico del teatro antiguo español*, Madrid, Rivadeneyra, 1860. Edición facsímil, Madrid, Gredos, 1969.
CADENAS Y VICENT, Vicente de, *Heráldica patronímica española y sus patronímicos compuestos*, Madrid, C.S.I.C., Instituto Salazar y Cuervo, Hidalguía, 1976.
CERVANTES, Miguel de, *El ingenioso hidalgo don Quijote de la Mancha*, Madrid, Cuesta, 1605, 1615. Edición facsímil, Palma de Mallorca, Alfaguara, Hispanic Society of America y Papeles de Son Armadans, 1968.
COVARRUBIAS, Sebastián de, *Tesoro de la lengua castella-*

na, Madrid, Luis Sánchez, 1611, Barcelona, S. A., Horta, 1943.

DÍAZ DE ESCOVAR, Narciso, *Historia del teatro español,* Barcelona, 1924.

Diccionario Espasa-Calpe, edición de 1924.

Diccionario de literatura española, edición de Germán Bleiberg y Julián Marías, Madrid, Revista Occidente, 1949, 3.ª ed., 1964.

FLÓREZ DE SETIÉN, Enrique, *Memoria de las reinas católicas de España,* Madrid, Marín, 1761; Madrid, Aguilar, 1945.

GASCÓN Y GUIMBAO, Domingo, *Antonio Serón y su silva a Cintia,* véase *Versiones de la leyenda de los Amantes.*

HUSZAR, Guillaume, *L'influence de l'Espagne sur le théatre français des XVIII et XIX siècles,* Honoré Champion, París, 1912.

LARRA, Mariano José de, *Obras Completas de Fígaro,* prólogo de Cayetano Cortés, París, Garnier, sin fecha.

— Edición de Carlos Seco Serrano, Madrid, *BAE,* 1960.

LARRA, Fernando José de, *Mariano José de Larra (Fígaro). Biografía apasionada del doliente de España,* Barcelona, Amaltea, 1944.

LÓPEZ FUNES, Enrique, *Don Álvaro o la fuerza del sino,* Cádiz, Álvarez, 1899.

MENÉNDEZ PELAYO, Marcelino, *Orígenes de la novela,* Buenos Aires, Espasa-Calpe, 1946.

MESONERO ROMANOS, Ramón de, *Obras,* t. 8, *Memorias de un setentón. Escenas matritenses,* 1881, Madrid, Renacimiento, 1926.

MOSCARDÓ CERVERA, Mossén Frederic, *Breu compendi de la història de València,* Valencia, Cortell, 1953.

NOVO Y COLSON, Pedro de, *Autores dramáticos contemporáneos y joyas del teatro español del siglo XIX,* Madrid, Fortanet, 1881.

PEÑA Y GOÑI, Antonio, *La ópera española y la música dramática en España en el siglo XIX,* prólogo de Eduardo Rincón, Madrid, Alianza Editorial, 1967.

Río, Ángel del, *Antología general de la literatura española,* Nueva York, Holt, Rinehart, Winston, 1960.
Romea, Julián, *Ideas generales sobre el arte del teatro, para uso de los alumnos de la clase de declamación del Real Conservatorio de Madrid,* Madrid, 1858.
Subirá, José, *El compositor Iriarte y el cultivo español del melólogo*, Barcelona, Instituto español de Musicología, 1949.
Ticknor, M. G., *Historia de la literatura española,* traducida al castellano, con adiciones y notas críticas por Pascual de Gayangos y Enrique de Vedia, Madrid, Rivadeneyra, 1854.

Los Amantes de Teruel

Los Amantes de Teruel

Drama refundido en cuatro actos, en verso y prosa

por

DON JUAN EUGENIO HARTZENBUSCH

PERSONAJES

JUAN DIEGO MARTÍNEZ GARCÉS DE MARCILLA O MARSILLA.
ISABEL DE SEGURA.
DOÑA MARGARITA.
ZULIMA.
DON RODRIGO DE AZAGRA.
DON PEDRO DE SEGURA.
DON MARTÍN GARCÉS DE MARSILLA.
TERESA.
ADEL.
OSMÍN.

SOLDADOS MOROS, CAUTIVOS, DAMAS, CABALLEROS, PAJES, CRIADOS, CRIADAS.

El primer acto pasa en Valencia, y los demás en Teruel. Año de 1217.

ACTO PRIMERO

Dormitorio morisco en el Alcázar de Valencia. A la derecha del espectador una cama, junto al proscenio; a la izquierda una ventana con celosías y cortinajes. Puerta grande en el fondo y otras pequeñas a los lados.

ESCENA PRIMERA

(ZULIMA, ADEL; JUAN DIEGO MARSILLA, *adormecido en la cama: sobre ella un lienzo con letras de sangre.)*

ZULIMA. No vuelve en sí.
ADEL. Todavía
tardará mucho en volver.
ZULIMA. Fuerte el narcótico ha sido.
ADEL. Poco ha se lo administré.
Dígnate de oír, señora,
la voz de un súbdito fiel,
que orillas de un precipicio
te ve colocar el pie.
ZULIMA. Si disuadirme pretendes,
no te fatigues, Adel.
Partir de Valencia quiero,
y hoy, hoy mismo partiré.
ADEL. ¿Con ese cautivo?
ZULIMA. Tú

me has de acompañar con él.
ADEL. ¿Así al esposo abandonas?
¡Un amir, señora, un rey!
ZULIMA. Ese rey, al ser mi esposo,
me prometió no tener
otra consorte que yo.
¿Lo ha cumplido? Ya lo ves.
A traerme una rival
marchó de Valencia ayer.
Libre a la nueva sultana
mi puesto le dejaré.
ADEL. Considera...
ZULIMA. Está resuelto.
El renegado Zaén,
el que aterra la comarca
de Albarracín y Teruel,
llamado por mí ha venido,
y tiene ya en su poder
casi todo lo que yo
de mis padres heredé,
que es demás para vivir
con opulencia los tres.
De la alcazaba saldremos
a poco de anochecer.
ADEL. Y ese cautivo, señora,
¿te ama? ¿Sabes tú quién es?
ZULIMA. Es noble, es valiente, en una
mazmorra iba a perecer
de enfermedad y de pena,
de frío, de hambre y de sed:
yo le doy la libertad,
riquezas, mi mano; ¿quién
rehusa estos dones? ¡Oh!
si ofendiera mi altivez
con una repulsa, caro
le costara su desdén
conmigo. Tiempo hace ya
que este acero emponzoñé,
furiosa contra mi aleve

consorte Zeit Abenzeit[1]:
quien es capaz de vengarse
en el príncipe, también
escarmentara al esclavo
como fuera menester.

ADEL. ¿Qué habrá escrito en ese lienzo
con su sangre? Yo no sé
leer en su idioma; pero
puedo llamar a cualquier
cautivo...

ZULIMA. Él nos lo dirá,
yo se lo preguntaré.

ADEL. ¿No fuera mejor hablarle
yo primero, tú después?

ZULIMA. Le voy a ocultar mi nombre:
ser Zoraida fingiré,
hija de Merván.

ADEL. ¡Merván!
¿Sabes que ese hombre sin ley
conspira contra el amir?

ZULIMA. A él le toca defender
su trono, en vez de ocuparse,
contra la jurada fe,
en devaneos que un día
lugar a su ruina den.
Mas Ramiro no recobra
los sentidos: buscaré
un espíritu a propósito... *(Vase.)*

[1] Rey moro de Valencia, donde existe la calle del moro Zeit, desde 1202, se convirtió al cristianismo y fue bautizado en 1236.

Escena II

(Osmín, *por una puerta lateral;* Adel, Marsilla.)

Osmín. ¿Se fue Zulima?
Adel. Se fue.
Tú nos habrás acechado.
Osmín. He cumplido mi deber.
Al ausentarse el amir
con este encargo quedé.
Es más cauto nuestro dueño
que esa liviana mujer.
El lienzo escrito con sangre
¿dónde está?
Adel. Allí. *(Señalando la cama.)*
Osmín. Venga
Adel. Ten.

(Le da el lienzo y Osmín *lee.)*

Mira si es que dice, ya
que tú lo sabes leer,
dónde lo pudo escribir;
porque en el encierro aquel
apenas penetra nunca
rayo de luz: verdad es
que rotas esta mañana
puerta y cadenas hallé:
debió, después de romperlas[2],
el subterráneo correr,
y hallando el lienzo...
Osmín. *(Asombrado de lo que ha leído.)* ¡Es po-
[sible!
Adel. ¿Qué cosa?
¡Oh vasallo infiel!

---

[2] Alusión a la fuerza física de Diego, capaz de romper cadenas.

Avisar al rey es fuerza,
y al pérfido sorprender.

ADEL. ¿Es este el pérfido? *(Señalando a* MARSILLA.)

OSMÍN. No
ese noble aragonés
hoy el salvador será
de Valencia y de su rey.

ADEL. Zulima viene.

OSMÍN. Silencio
con ella, y al punto ve
a buscarme. *(Vase.)*

ADEL. Norabuena.
Así me harás la merced
de explicarme lo que pasa.

ESCENA III

(ZULIMA, ADEL, MARSILLA.)

ZULIMA. Déjame sola.

ADEL. Está bien. *(Vase.)*

ESCENA IV

(ZULIMA, MARSILLA.)

ZULIMA. Su pecho empieza a latir
más fuerte; así que perciba...

(Aplícale un pomito a la nariz.)

MARSILLA. ¡Ah!

ZULIMA. Volvió.

MARSILLA. *(Incorporándose.)* ¡Qué luz tan viva!
No la puedo resistir.

ZULIMA. *(Corriendo las cortinas de la ventana.)*
De aquella horrible mansión
está a las tinieblas hecho.

MARSILLA. No es esto piedra, es un lecho.
¿Qué ha sido de mi prisión?

ZULIMA. Mira este albergue despacio,
y abre el corazón al gozo.

MARSILLA. ¡Señora!... *(Reparando en ella.)*

ZULIMA. Tu calabozo
se ha convertido en palacio.

MARSILLA. Di (porque yo no me explico
milagro tal), di, ¿qué es esto?

ZULIMA. Que eras esclavo, y que presto
vas a verte libre y rico.

MARSILLA. ¡Libre! ¡Oh divina clemencia!
Y ¿a quién debo tal favor?

ZULIMA. ¿Quién puede hacerle mejor
que la reina de Valencia?
Zulima te proporciona
la sorpresa que te embarga
dulcemente; ella me encarga
que cuide de tu persona,
y desde hoy ningún afán
permitiré que te aflija.

MARSILLA. ¿Eres?...

ZULIMA. Dama suya, hija
del valeroso Merván.

MARSILLA. ¿De Merván? *(Aparte.)* ¡Ah!, ¡qué re-
[cuerdo!

(Busca y recoge el lienzo.)

ZULIMA. ¿Qué buscas tan azorado?
¿Ese lienzo ensangrentado?

MARSILLA. *(Aparte.)* Si ésta lo sabe, me pierdo.

ZULIMA. ¿Qué has escrito en él?

MARSILLA. No va

esto dirigido a ti;
es para el rey.

ZULIMA. No está aquí.

MARSILLA. Para la reina será.
Haz, pues, que a mi bienhechora
vea: por Dios te lo ruego.

ZULIMA. Conocerás aquí luego
a la reina tu señora.

MARSILLA. ¡Oh!...

ZULIMA. No estés con inquietud.
Olvida todo pesar:
trata sólo de cobrar
el sosiego y la salud.

MARSILLA. Defienda próvido el cielo
y premie con altos dones
los piadosos corazones
que dan al triste consuelo.
Tendrá Zulima, tendrás
tú siempre un cautivo en mí:
hermoso es el bien por sí,
pero en una hermosa, más.
Ayer, hoy mismo, ¿cuál era
mi suerte? Sumido en honda
cárcel, estrecha y hedionda,
sin luz, sin aire siquiera;
envuelto en infecta nube
que húmedo engendra el terreno;
paja corrompida, cieno
y piedras por cama tuve.
—Hoy... si no es esto soñar,
torno a la luz, a la vida,
y espero ver la florida
margen del Guadalaviar [3],
allí donde alza Teruel,
señoreando la altura,
sus torres de piedra oscura
que están mirándose en él.

[3] Turia en la primera versión, aquí se le da el nombre antiguo al río que pasa por Teruel y Valencia.

No es lo más que me redima
la noble princesa mora:
el bien que me hace, lo ignora
aun la propia Zulima.

ZULIMA. Ella siempre algún misterio
supuso en ti, y así espera
que me des noticia entera
de tu vida y cautiverio.
Una vez que en tu retiro
las dos ocultas entramos
te oímos... y sospechamos
que no es tu nombre Ramiro.

MARSILLA. Mi nombre es Diego Marsilla,
y cuna Teruel me dio,
pueblo que ayer se fundó
y es hoy poderosa villa [4],
cuyos muros, entre horrores
de lid atroz levantados,
fueron con sangre amasados
de sus fuertes pobladores [5].
Yo creo que al darme ser,
quiso formar el Señor
modelos de puro amor,
un hombre y una mujer;
y para hacer la igualdad
de sus afectos cumplida
les dio un alma en dos partida,
y dijo: Vivid y amad.
Al son de la voz creadora
Isabel y yo existimos,
y ambos los ojos abrimos
en un día y una hora [6].
Desde los años más tiernos
fuimos ya finos amantes;

---

[4] Fundada en 1171 Hartzenbusch le dio categoría de ciudad en la versión de 1836, y aquí se corrige.

[5] Entre ellos se cuentan antepasados de Diego Marcilla.

[6] El autor da a entender que eran de la misma edad, detalle que no consta así en la tradición.

desde que nos vimos... antes
nos amábamos de vernos;
porque el amor principió
a enardecer nuestras almas
al contacto de las palmas
de Dios cuando nos crió;
y así fue nuestro querer,
prodigioso en niña y niño,
encarnación del cariño
anticipado al nacer,
seguir Isabel y yo,
al triste mundo arribando,
seguir con el cuerpo amando
como el espíritu amó.

ZULIMA. Inclinación tan igual
sólo dichas pronostica.

MARSILLA. Soy pobre, Isabel es rica.

ZULIMA. *(Aparte.)* Respiro.

MARSILLA. Tuve un rival.

ZULIMA. ¿Sí?

MARSILLA. Y opulento.

ZULIMA. Y bien...

MARSILLA. Hizo
alarde de su riqueza...

ZULIMA. ¿Y qué?, ¿rindió la firmeza
de Isabel?

MARSILLA. Es poco hechizo
el oro para quien ama.
Su padre, sí, deslumbrado...

ZULIMA. ¿Tu amor dejó desairado,
privándote de tu dama?

MARSILLA. Le vi, mi pasión habló
su fuerza exhalando toda,
y, suspendida la boda,
un plazo se me otorgó,
para que mi esfuerzo activo
juntara un caudal honrado.

ZULIMA. ¿Es ya el término pasado?

MARSILLA. Señora, ya ves... aún vivo.

Seis años y una semana
me dieron: los años ya
se cumplen hoy; cumplirá
el primer día mañana.

ZULIMA. Sigue.

MARSILLA. Un adiós a la hermosa
di, que es de mis ojos luz,
y combatí por la cruz
en las Navas de Tolosa[7]
Gané con brioso porte
crédito allí de guerrero;
luego en Francia prisionero
caí del conde Monforte.
Huí, y en Siria un francés
albigense, refugiado,
a quien había salvado
la vida junto a Besiés,
me dejó, al morir, su herencia:
volviendo con fama y oro
a España, pirata moro
me apresó y trajo a Valencia.
Y en pena de que rompió
de mis cadenas el hierro[8]
mi mano, profundo encierro
en vida me sepultó,
donde mi extraño custodio
sin dejarse ver ni oír,
me prolongaba el vivir,
o por piedad o por odio.
De aquel horrendo lugar
me sacais: bella mujer,
sentir sé y agradecer:
di como podré pagar.

[7] La relación de Marsilla alude a hechos históricos, pero bastante lejanos unos de otros para haber estado ausente solamente seis años; de ser así hubiese estado en Bezièrs en 1209, en las Navas de Tolosa en 1212, cayendo prisionero después.

[8] Segunda alusión a las cadenas, esta vez las de la tienda del Miramamolín.

ZULIMA. No borres de tu memoria
tan debido ofrecimiento,
y haz por escuchar atento
cierta peregrina historia.
Un joven aragonés
vino cautivo al serrallo:
sus prendas y nombre callo;
tú conocerás quién es.
Toda mujer se lastima
de ver padecer sonrojos
a un noble: puso los ojos
en el esclavo Zulima,
y férvido amor en breve
nació de la compasión:
aquí es brasa el corazón;
allá entre vosotros, nieve.
Quiso aquel joven huir;
fue desgraciado en su empeño:
le prenden, y por su dueño
es condenado a morir.
Pero en favor del cristiano
velaba Zulima: ciega,
loca, le salva; más, llega
a brindarle con su mano.
Respuesta es bien se le dé
en trance tan decisivo:
habla tú por el cautivo;
yo por la reina hablaré.

MARSILLA. Ni en desgracia ni en ventura
cupo en mi lenguaje dolo.
Este corazón es sólo
para Isabel de Segura.

ZULIMA. Medita, y concederás
al tiempo lo que reclama.
¿Sabes tú si es fiel tu dama
¿Sabes tú si la verás?

MARSILLA. Me matara mi dolor
si fuera Isabel perjura;
mi constancia me asegura

la firmeza de su amor.
Con espíritu gallardo,
si queréis, daré mi vida;
dada el alma y recibida,
fiel al dueño se la guardo.

ZULIMA. Mira que es poco prudente
burlar a tu soberana,
que tiene sangre africana,
y ama y odia fácilmente.
Y si ella sabe que cuando
yo su corazón te ofrezco,
por ella el dolor padezco
de ver que le estás pisando;
volverás a tus cadenas
y a tu negro calabozo,
y allí yo, con alborozo
que más encone tus penas,
la nueva te llevaré
de ser Isabel esposa.

MARSILLA. Y en prisión tan horrorosa
¿cuántos días viviré?

ZULIMA. ¡Rayo del cielo!, el traidor
cuanto fabrico derrumba:
defendido con la tumba,
se ríe de mi furor.
Trocarás la risa en llanto.
Cautiva desde Teruel
me han de traer a Isabel...

MARSILLA. ¿Quién eres tú para tanto?

ZULIMA. Tiembla de mí.

MARSILLA. Furia vana.

ZULIMA. ¡Insensato! La que ves
no es hija de Merván, es
Zulima.

MARSILLA. ¡Tú la sultana!

ZULIMA. La reina.

MARSILLA. Toma, con eso

(Dándole el lienzo ensangrentado.)

correspondo a tu afición:
entrega sin dilación
a hombre de valor y seso
el escrito que te doy.
Sálvete su diligencia.

ZULIMA. ¡Cómo! ¿Qué riesgo?...

MARSILLA. A Valencia
tu esposo ha de llegar hoy;
y en llegando, tú y él y otros
al sedicioso puñal
perecéis.

ZULIMA. ¿Qué desleal
conspira contra nosotros?

MARSILLA. Merván, tu padre supuesto.
Si tu cólera no estalla,
mi labio el secreto calla,
y el fin os llega funesto.

ZULIMA. ¿Cómo tal conjuración
a ti?...

MARSILLA. Frenético ayer,
la puerta pude romper
de mi encierro: la prisión
recorro, oigo hablar, atiendo...
Junta de aleves impía
era, Merván presidía.
allí supe que volviendo
a este alcázar el amir,
trataban de asesinarle.
Resuélvome a no dejarle
pérfidamente morir,
y con roja tinta humana
y un pincel de mi cabello [9]
la trama en un lienzo sello,
y el modo de hacerla vana.
Poner al siguiente día
pensaba el útil aviso

---

[9] Se conserva en esta versión el detalle del pincelito hecho con los propios cabellos.

en la cesta que el preciso
sustento me conducía.
Vencióme tenaz modorra,
más fuerte que mi cuidado:
desperté maravillado,
fuera ya de la mazmorra.
Junta pues tu guardia, pon
aquí un acero, y que venga
con todo el poder que tenga
contra ti la rebelión.

ZULIMA. Dé a la rebelión castigo
quien tema por su poder;
no yo, que al anochecer
huir pensaba contigo.
Poca gente, pero brava,
que al marchar nos protegiera,
sumisa mi voz espera
escondida en la alcazaba.
Con ellos entre el rebato
del tumulto partiré;
con ellos negociaré
que me venguen de un ingrato.
Teme la cuchilla airada
de Zaen el bandolero;
tiembla más que de su acero,
de esta daga envenenada.
¡ay del que mi amor trocó
en frenesí rencoroso!
¡Nunca espere ser dichoso
quien de celos me mató!

MARSILLA. ¡Zulima!... ¡Señora!...

(Vase ZULIMA *por la puerta del fondo y cierra por dentro.)*

Escena V

(Osmín, Marsilla.)

Osmín. Baste
de plática sin provecho.
Al rey un favor has hecho:
acaba lo que empezaste.

Marsilla. ¡Cómo!, ¿tú?...

Osmín. El lienzo he leído
que al rey dirigiste: allí
le ofreces tu brazo.

Marsilla. Sí,
armas y riesgo le pido.

Osmín. Pues bien, dos tropas formadas
con los cautivos están:
serás el un capitán,
el otro Jaime Celladas [10].

Marsilla. ¡Jaime está aquí! Es mi paisano,
es mi amigo

Osmín. Si hay combate,
así tendrá su rescate
cada cautivo en la mano.
Con ardimiento lidiad.

Marsilla. ¿Quién, de libertad sediento,
no lidia con ardimiento
al grito de libertad?

Osmín. Cuanto a Zulima...

Marsilla. También
libre ha de ser.

Osmín. No debiera;
pero llévesela fuera
de nuestro reino Zaen [11].

---

[10] Primera vez que sale el nombre de Jaime Celladas, a quien en otras versiones no se alude hasta el cuarto acto.

[11] Se ha eliminado la ambigua sentencia dictada aquí en la primera versión. Zaén fue el último rey moro de Valencia.

Escena VI

(Adel, soldados moros; Marsilla, Osmín.)

Adel. Osmín, a palacio van
turbas llegando en tumulto,
y Zaen, que estaba oculto,
sale aclamando a Merván.
Zulima nos ha vendido.

Osmín. Ya no hay perdón que le alcance.

Marsilla. Después de correr el lance,
se dispondrá del vencido.
Cuando rueda la corona
entre la sangre y el fuego,
primero se triunfa, luego...

Osmín. Se castiga.

Marsilla. Se perdona.

Voces. ¡Muera el tirano! *(Dentro.)*

Marsilla. ¡Mi espada!
¡Mi puesto!

Osmín. Ven, ven a él.
Guarda el torreón, Adel.

Adel. Ten tu acero. *(Dásele a* Marsilla.*)*

Marsilla. ¡Arma anhelada!
¡Mi diestra te empuña ya!
Ella al triunfo te encamina.
Rayo fue de Palestina,
rayo en Valencia será [12].

Cae el telón

[12] Cambio considerable en el final del acto; aquí se reitera que Diego ha estado en Palestina.

ACTO SEGUNDO

Teruel.—Sala en casa de D. Pedro Segura.

ESCENA PRIMERA

(DON PEDRO, *entrando en su casa;* MARGARITA, ISABEL *y* TERESA, *saliendo a recibirle.*)

MARGARITA. ¡Esposo! *(Arrodillándose.)*
ISABEL. ¡Padre! *(Arrodillándose.)*
TERESA. ¡Señor!
PEDRO. ¡Hija! ¡Margarita! Alzad.
ISABEL. Dadme a besar vuestra mano.
MARGARITA. Déjame el suelo besar
que pisas.
TERESA. *(A* MARGARITA.*)* Vaya, señora,
ya es vicio tanta humildad.
PEDRO. Pedazos del corazón,
no es ese vuestro lugar.
Abrazadme. *(Levanta y abraza a las dos.)*
TERESA. Así me gusta.
Y a mí luego.
PEDRO. Ven acá,
fiel Teresa.

TERESA. Fiel y franca,
tengo en ello vanidad.
PEDRO. Ya he vuelto por fin.
MARGARITA. Dios quiso
mis plegarias escuchar.
PEDRO. Gustoso a Monzón partí,
comisionado especial
para ofrecer a don Jaime [13]
las tropas que alistará
nuestra villa de Teruel
en defensa de la paz,
que don Sancho y don Fernando
nos quieren arrebatar:
fue don Rodrigo de Azagra,
obsequioso y liberal,
acompañándome al ir,
y me acompaña al tornar;
mas yo me acordaba siempre
de vosotras con afán.
Triste se quedó Isabel;
más triste la encuentro.
TERESA. Ya.
MARGARITA. ¡Teresa!
ISABEL. ¡Padre!
PEDRO. Hija mía,
dime con sinceridad
lo que ha pasado en mi ausencia [14].
TERESA. Poco tiene que contar.
MARGARITA. ¡Teresa!
TERESA. Digo bien. ¿Es

[13] En el castillo de Monzón, provincia de Huesca, estuvo recluido Jaime I de niño, siendo defendido por los templarios de los infantes don Sancho y don Fernando que le disputaban el trono.

[14] El principio del segundo acto varía mucho de una versión a otra. De aquí deben salir el episodio de Roger de Lizana y la ayuda de Rodrigo de Azagra; la visita de Martín Marsilla, la conversación entre madre e hija y el chantaje de Azagra. Al parecer el autor tuvo serias dificultades en poner todos estos elementos en juego sin lograr una solución satisfactoria.

por ventura novedad
que Isabel suspire, y vos *(A* MARGA-
[RITA.)
receis, y ayuneis a pan
y agua, y os andeis curando
enfermos por caridad?
Es la vida que traeis,
lo menos, quince años ha...

MARGARITA. Basta.

TERESA. Y hace seis cumplidos
que no se ha visto asomar
en los labios de Isabel
ni una sonrisa fugaz.

ISABEL. *(Aparte.)* ¡Ay mi bien!

TERESA. En fin, señor,
del pobrecillo don Juan
Diego de Marsilla nada
se sabe.

MARGARITA. Si no callais,
venid conmigo.

TERESA. Ir con vos
fácil es; pero callar...

(Vanse MARGARITA *y* TERESA. DON PEDRO *se quita la espada y la pone sobre un bufete.)*

ESCENA II

(DON PEDRO, ISABEL.)

PEDRO. Mucho me aflige, Isabel,
tu pesadumbre tenaz;
pero, por desgracia, yo
no la puedo remediar.
Esclavo de su palabra
es el varón principal;

tengo empeñada la mía,
la debo desempeñar.
En el honor de tu padre
no se vio mancha jamás:
juventud honrada pide
más honrada ancianidad.

ISABEL. No pretendo yo...

PEDRO. Por otra
parte, parece que están
de Dios ciertas cosas. Oye
un lance bien singular,
y di si no tiene traza
de caso providencial.

ISABEL. A ver.

PEDRO. En Teruel vivió
(no sé si te acordarás)
un tal Roger de Lizana,
caballero catalán.

ISABEL. ¿El templario?

PEDRO. Sí. Roger
paraba en Monzón. Allá
es voz que penas y culpas
de su libre mocedad
trajéronle una dolencia
de espíritu y corporal,
que vino a dejarle casi
mudo, imbécil, incapaz.
Pacífico en su idiotez,
permitíanle vagar
libre por el pueblo. Un día
sobre una dificultad
en mi encargo y sobre cómo
se debiera de allanar,
don Rodrigo y yo soltamos
palabras de enemistad.
Marchóse enojado, y yo
exclamé al verle marchar:
¿Ha de ser este hombre dueño
de lo que yo quiero más?

Si la muerte puede sola
mi palabra desatar,
lléveme el Señor, y quede
Isabel en libertad[15]

ISABEL. ¡Oh padre!

PEDRO. En esto, un empuje
tremendo a la puerta dan,
se abre, y con puñal en mano
entra...

ISABEL. ¡Virgen del Pilar!
¿Quién?

PEDRO. Roger. Llégase a mí,
y en voz pronunciada mal:
Uno (dijo) de los dos
la vida aquí dejará.

ISABEL. ¿Y qué hicisteis?

PEDRO. Yo, pensando
que bien pudiera quizás
mi muerte impedir alguna
mayor infelicidad,
crucé los brazos, y quieto
esperé el golpe mortal.

ISABEL. ¡Cielos! ¿Y Roger?

PEDRO. Roger,
parado al ver mi ademán,
en lugar de acometerme
se fue retirando atrás,
mirándome de hito en hito,
llena de terror la faz.
Asió con entrambas manos
el arma por la mitad,
y señas distintas hizo
de querérmela entregar.
Yo no le atendí, guardando
completa inmovilidad

---

[15] Este pasaje, desprovisto de la prosa anterior, también trata de esclarecer un poco las cosas, a más de preparar el terreno para escenas venideras con la alusión de Pedro a la promesa hecha a Azagra.

como antes: y él, con los ojos
fijos, y sin menear
los párpados, balbuciente
dijo: Matadme, salvad
en el hueco de mi tumba
mi secreto criminal.

ISABEL. ¡Su secreto!

PEDRO. En fin, de estarse
tanto sin pestañear,
él, cuyos sentidos eran
la suma debilidad,
se trastornó, cayó, dio
la guarnición del puñal
en tierra, le fue la punta
al corazón a parar
al infeliz y a mis plantas
rindió el aliento vital.
Hui con espanto: Azagra,
viniéndose a disculpar
conmigo, me halló; le dije
que no pisaba el umbral
de aquella casa en mi vida;
y él, próvido y eficaz,
avisó al rey y mandó
el cadáver sepultar.
Ya ves, hija: por no ir
yo contra tu voluntad,
por no cumplir mi palabra,
quise dejarme matar,
y Dios me guardó la vida:
su decreto celestial
es sin duda que esa boda
se haga por fin... y se hará,
si en tres días no parece
tu preferido galán[16].

ISABEL. *(Aparte.)* ¡Ay de él y de mí!

---

[16] La escena de la confrontación de Roger y Pedro ha sido muy mejorada en esta versión, eliminando de ella la carnicería que comete Pedro. Azagra, sin embargo, en ambos casos podría acu-

ESCENA III

(TERESA, DON PEDRO, ISABEL.)

TERESA. Señor,
acaba de preguntar
por vos don Martín, el padre
de don Diego.
ISABEL. *(Aparte.)* ¿Si sabrá?...
TERESA. Como es enemigo vuestro
le he dejado en el zaguán.
PEDRO. A enemigo noble se abren
las puertas de par en par.
Que llegue. *(Vàse* TERESA.) Ve
[con tu madre.
ISABEL. *(Aparte.)* Ella a sus pies me verá
llorando hasta que consiga
vencer su severidad. *(Vase.)* [17].

ESCENA IV

(DON PEDRO.)

PEDRO. Desafiados quedamos
al tiempo de cabalgar
yo para Monzón: el duelo
llevar a cabo querrá.
Bien. Pero él ha padecido

---

sar a Pedro de homicida, con lo cual podría obtener la mano de Isabel sin tener que recurrir al chantaje con Margarita.

[17] Estas líneas revelan que Isabel teme a su madre, en términos más claros que en otras versiones.

una larga enfermedad.
Si no tiene el brazo firme,
conmigo no lidiará.

Escena V

(Don Martín, don Pedro.)

Martín. Don Pedro Segura, seais bienvenido.
Pedro. Y vos, don Martín Garcés de Marsilla,
seais bien hallado: tomad una silla.

(Siéntase D. Martín, *mientras* D. Pedro *va a tomar su espada.)*

Martín. Dejad vuestra espada.
Pedro. *(Sentándose.)* Con pena he sabido
la grave dolencia que habeis padecido.
Martín. Al fin me repuse del todo.
Pedro. No sé...
Martín. Domingo Celladas... [18]
Pedro. ¡Fuerte hombre es,
[a fe!
Martín. Pues aun a la barra le gano el partido.
Pedro. Así os quiero yo. Desde hoy, elegid
al duelo aplazado seguro lugar.
Martín. Don Pedro, yo os tengo primero que
[hablar.
Pedro. Hablad en buen hora; ya escucho. Decid.
Martín. Causó nuestra riña...
Pedro. La causa omitid:
sabémosla entrambos. Por vos se me
[dijo

---

[18] Se nombra a Domingo Celladas sin motivo y sin explicar quién es. En esta versión al menos se ha nombrado antes al hijo, pero nada justifica esta alusión. El pasaje del duelo aplazado también ha sido reducido.

que soy un avaro, y os privo de un hijo.
De honor es la ofensa, precisa la lid.

MARTÍN. ¿Tenéisme por hombre de aliento?

PEDRO. Sí tal.
Si no lo creyera, con vos no lidiara.

MARTÍN. Jamás al peligro le vuelvo la cara.

PEDRO. Sí, nuestro combate puede ser igual.

MARTÍN. Será por lo mismo...

PEDRO. Sangriento, mortal.
Ha de perecer uno de los dos.

MARTÍN. Oid un suceso feliz para vos...
feliz para entrambos.

PEDRO. Decídmele. ¿Cuál?

MARTÍN. Tres meses hará que en lecho de duelo
me puso la mano que todo lo guía.
Del riesgo asustada la familia mía,
quiso en vuestra esposa buscar su con-
[suelo.
Con tino infalible, con próvido celo
salud en la villa benéfica vierte,
y enfermo en que airada se ceba la muerte,
le salva su mano, bendita del cielo.
Con vos irritado no quise atender
al dulce consejo de amante inquietud.
No cobre (decía) jamás la salud,
si mano enemiga la debe traer.
Mayor mi tesón a más padecer,
la muerte en mi alcoba plantó su bandera.
Por fin una noche... ¡Qué noche tan
[fiera!
Blasfemo el dolor hacíame ser;
pedía una daga con furia tenaz...
rasgar anhelando con ella mi pecho.
En esto a mis puertas, y luego a mi lecho,
llegó un peregrino, cubierta la faz.
Ángel parecía de salud y paz.
Me habla, me consuela; benigno licor
al labio me pone; me alivia el dolor,
y parte, y no quiere quitarse el disfraz.

La noche que tuve su postrer visita,
ya restablecido, sus pasos seguí.
Cruzó varias calles, viniendo hacia aquí,
y entró en esa ruina de gótica ermita,
que a vuestros jardines términos limita.
Detúvele entonces: el velo cayó,
radiante la luna su rostro alumbró...
Era vuestra esposa.

Pedro. ¡Era Margarita!

Martín. Confuso un momento, cobréme después,
y vióme postrado la noble señora.
Con tal beneficio, no cabe que ahora
provoque mi mano sangriento revés.
Don Pedro Segura, decid a quien es
deudor este padre de verse con vida,
que está la contienda por mí fenecida.
Tomad este acero, ponedle a sus pies.

(Da su espada a don Pedro, *que la coloca en el bufete.)*

Pedro. ¡Feliz yo, que logro el duelo escusar
con vos, por motivo que es tan lisonjero!
Si pronto me hallasteis, por ser caballero,
cuidado me daba el ir a lidiar.
Con tal compañera, ¿quién no ha de arriesgar
con susto la vida que lleva, dichosa?
Ella me será desde hoy más preciosa,
si ya vuestro amigo quereisme llamar.

Martín. Amigos seremos. *(Danse las manos.)*

Pedro. Siempre.

Martín. Siempre, sí.

Pedro. Y al cabo, ¿qué nuevas teneis de don Diego?
En hora menguada, vencido del ruego
de Azagra, la triste palabra le di.
Si antes vuestro hijo se dirige a mí,
¡cuánto ambas familias se ahorran de llanto!

No lo quiso Dios.
MARTÍN. Yo su nombre santo
bendigo, mas lloro por lo que perdí.
PEDRO. Pero ¿qué?
MARTÍN. Después de la de Maurel,
donde cayó en manos del conde Simón [19],
de nadie consigo señal ni razón,
por más que anhelante pregunto por él,
cada día al cielo con súplica fiel
pido que me diga qué punto en la tierra
sostiénele vivo, o muerto le encierra:
mundo y cielo guardan silencio cruel.
PEDRO. El plazo otorgado dura todavía.
Un hora, un instante le basta al Eterno:
y mucho me holgara si fuera mi yerno
quien a mi Isabel tan fino quería.
Pero si no viene, y cúmplese el día,
y llega la hora... por más que me pesa,
me tiene sujeto sagrada promesa:
si fuera posible, no la cumpliría [20].
MARTÍN. Diligencia escasa, fortuna severa
parece que en suerte a mi sangre cupo:
quien a la desgracia sujetar no supo,
sufrido se muestre cuando ella le hiera.
Adiós.
PEDRO. No han de veros de aquesa manera.
Yo quiero esta espada; la mía tomad
(Dásela.)
en prenda segura de fiel amistad.
MARTÍN. Acepto: un monarca llevarla pudiera.

(Vase DON MARTÍN, *y* DON PEDRO *le acompaña.)*

---

[19] Se refiere a la batalla de Muret (Francia) y el conde Simón de Monfort, victorioso de la lid (1213).

[20] Segunda alusión, en breve espacio, a cuánto le pesa a Pedro haber dado su palabra a Rodrigo de Azagra.

Escena VI

(Margarita, Isabel.)

Margarita. *(Aparte, siguiendo con la vista a los dos, que se retiran.)*
Aunque nada les oí,
deben estar ya los dos
reconciliados.

Isabel. *(Que viene tras su madre.)* Por Dios,
madre, haced caso de mí:

Margarita. No, que es repugnancia loca
la que mostrais a un enlace,
que de seguro nos hace
a todos merced no poca.
Noble sois; pero mirad
que quien su amor os consagra
es don Rodrigo de Azagra,
que goza más calidad,
más bienes: en Aragón
le acatan propios y ajenos,
y muestra, con vos al menos,
apacible condición.

Isabel. Vengativo y orgulloso
es lo que me ha parecido.

Margarita. Vuestro padre le ha creído
digno de ser vuestro esposo.
Prendarse de quien le cuadre
no es lícito a una doncella,
ni hay más voluntad en ella
que la que tenga su padre.
Hoy día, Isabel, así
se conciertan nuestras bodas:
así nos casan a todas,
y así me han casado a mí.

ISABEL. ¿No hay a los tormentos míos
otro consuelo que dar?

MARGARITA. No me teneis que mentar
vuestros locos amoríos.
Yo por delirios no abogo.
Idos.

ISABEL. En vano esperé. *(Sollozando al retirarse.)*

MARGARITA. ¡Qué!, ¿llorais?

ISABEL. Aún no me fue
vedado ese desahogo.

MARGARITA. Isabel, si no os escucho,
no me acuseis de rigor.
Comprendo vuestro dolor
y le compadezco mucho;
pero, hija... cuatro años ha
que a nadie Marsilla escribe.
Si ha muerto...

ISABEL. ¡No, madre, vive ...
Pero ¡cómo vivirá!
Tal vez, llorando, en Sión
arrastra por mí cadenas,
quizá gime en las arenas
de la líbica región.
Con aviso tan funesto
no habrá querido afligirme.
Yo trato de persuadirme,
y sin cesar pienso en esto.
Yo me propuse aprender
a olvidarle, sospechando
que infiel estaba gozando
caricias de otra mujer.
Yo escuché de su rival
los acentos desabridos,
y logré de mis oidos
que no me sonaran mal.
Pero ¡ay!, cuando la razón
iba a proclamarse ufana
vencedora soberana

de la rebelde pasión,
al recordar la memoria
un suspiro de mi ausente,
se arruinaba de repente
la fortaleza ilusoria,
y con ímpetu mayor,
tras el combate perdido,
se entraba por mi sentido
a sangre y fuego el amor.
Yo entonces a la virtud
nombre daba de falsía,
rabioso llanto vertía,
y hundirme en el ataúd
juraba en mi frenesí
antes que rendirme al yugo
de ese hombre, fatal verdugo,
genio infernal para mí.

MARGARITA. Por Dios, por Dios, Isabel,
moderad ese delirio;
vos no sabeis el martirio
que me haceis pasar con él.

ISABEL. ¡Qué! ¿Mi audacia os maravilla?
Pero estando ya tan lleno
el corazón de veneno,
fuerza es que rompa su orilla.
No a vos, a la piedra inerte
de esa muralla desnuda,
a esa bóveda que muda
oyó mi queja de muerte,
a ese suelo donde mella
pudo hacer el llanto mío,
a no ser tan duro y frío
como alguno que le huella,
para testigos invoco
de mi doloroso afán
que, si alivio no le dan,
no les ofende tampoco.

MARGARITA. *(Aparte.)* ¿Quién con ánimo sereno
la oyera? —El dolor mitiga;

de una madre, de una amiga
ven al cariñoso seno.
Conóceme, y no te ahuyente
la faz severa que ves;
máscara forzosa es
que dio el pesar a mi frente;
pero tras ella te espera,
para templar tu dolor,
el tierno, indulgente amor
de una madre verdadera.

ISABEL. ¡Madre mía! *(Abrázanse.)*

MARGARITA. Mi ternura
te oculté... porque debí...
¡Ha quince años que hay aquí
guardada tanta amargura!
Yo hubiera en tu amor filial
gozado, y gozar no debo
nada ya, desde que llevo
el cilicio y el sayal.

ISABEL. ¡Madre!

MARGARITA. Temí, recelé
dar a tu amor incentivo,
y sólo por correctivo
severidad te mostré;
mas oyéndote gemir
cada noche desde el lecho,
y a veces en tu despecho
mis rigores maldecir,
yo al Señor, de silencioso
materno llanto hecha un mar,
ofrecí mil veces dar
mi vida por tu reposo.

ISABEL. ¡Cielos! ¡Qué revelación
tan grata! ¡Qué injusta he sido!
¿Qué tanto me habeis querido?
¡Madre de mi corazón!
Perdonadme... ¡Qué alborozo
siento, aunque llorar me veis.
Seis años ha, más de seis,

que tanta dicha no gozo.
Mi desgracia contemplad,
cuando como dicha cuento
que mis penas un momento
aplaquen su intensidad.
Pero este rayo que inunda
en viva luz mi alma yerta,
¿dejaréis que se convierta
en lobreguez más profunda?
Madre, madre a quien adoro
el labio os pongo en el pie:
mi aliento aquí exhalaré
si no cedéis a mi lloro. *(Póstrase.)*

MARGARITA. Levanta, Isabel; enjuga
tus ojos; confía... Sí:
cuanto dependa de mí...

ISABEL. Ya veis que en rápida fuga
el tiempo desaparece.
Si pasan tres días, ¡tres!
todo me sobra después,
toda esperanza fallece.
Mi padre, por no faltar
a la palabra tremenda,
le rendirá por ofrenda
mi albedrío en el altar.
Vuestras razones imprimen
en su alma la persuasión:
en mí toda reflexión
fuera desacato, crimen.
Y yo, señora, lo veo:
podrá llevarme a casar;
pero en vez de preparar
las galas del himeneo,
que a tenerme se limite
una cruz y una mortaja;
que esta gala y esta alhaja
será lo que necesite.

MARGARITA. No, no, Isabel; cesa, cesa;
yo en tu defensa me empeño:

no será Azagra tu dueño,
yo anularé la promesa.
Me oirá tu padre, y tamaños
horrores evitará.
Hoy madre tuya será
quien no lo fue tantos años.

ESCENA VII

(TERESA, MARGARITA, ISABEL.)

TERESA. Señoras, don Rodrigo de Azagra pide licencia para visitaros.

MARGARITA. Hazle entrar. A buen tiempo llega. *(Vase* TERESA.)

ISABEL. Permitid que yo me retire.

MARGARITA. Quédate en la pieza inmediata, y escucha nuestra conversación.

ISABEL. ¿Qué vais a decir?

MARGARITA. Óyelo, y acabarás de hacer justicia a tu madre. *(Vase* ISABEL.)

ESCENA VIII

(DON RODRIGO, MARGARITA.)

MARGARITA. Ilustre D. Rodrigo...

RODRIGO. Señora... al fin nos vemos.

MARGARITA. Honrad mi estrado [21], ya que la prisa de

[21] Lugar levantado como una tarima, provisto de cojines, en que antiguamente las señoras recibían visitas. Este detalle y otros tienen por objeto ambientar la obra y no caer en anacronismos.

venir a mi casa no os ha dejado sosegar en la vuestra.

RODRIGO. Aquí vengo a buscar el sosiego que necesito. *(Siéntase.)* ¿Qué me decís de mi desdeñosa?

MARGARITA. ¿Me permitiréis que hable con franqueza?

RODRIGO. Con franqueza pregunto yo. Hablad.

MARGARITA. Mi esposo os prometió la mano de su hija única; y, por él, debéis contar de seguro con ella. Pero la delicadeza de vuestro amor y la elevación de vuestro carácter, ¿se satisfarían con la posesión de una mujer cuyo cariño no fuese vuestro?

RODRIGO. El corazón de Isabel no es ahora mío, lo sé; pero Isabel es virtuosa, es el espejo de las doncellas: cumplirá lo que jure, apreciará mi rendida fe, y será el ejemplo de las casadas.

MARGARITA. Mirad que su afecto a Marsilla no se ha disminuido.

RODRIGO. No me inspira celos un rival cuyo paradero se ignora, cuya muerte, para mí, es indudable.

MARGARITA. ¿Y si volviese aún? ¿Y si antes de cumplirse el término se presentara tan enamorado como se fue, y con aumentos muy considerables de hacienda?

RODRIGO. Mal haría en aparecer ni antes ni después de mis bodas. Él prometió renunciar a Isabel, si no se enriquecía en seis años; pero yo nada he prometido. Si vuelve, uno de los dos ha de quedar solo junto a Isabel. La mano que pretendemos ambos, no se compra con oro; se gana con hierro, se paga con sangre.

MARGARITA. Vuestro lenguaje no es muy reverente para usado en esta casa y conmigo; pero os le perdono, porque me perdonéis la pesadumbre que voy a daros. Yo, noble don

Rodrigo, yo que hasta hoy consentí en vuestro enlace con Isabel, he visto por último que de él iba a resultar su desgracia y la vuestra. Tengo, pues, que deciros, como cristiana y madre; tengo que suplicaros por nuestro señor y nuestra señora, que desistáis de un empeño, ya poco distante de la temeridad.

RODRIGO. Ese empeño es público, hace muchos años que dura, y se ha convertido para mí en caso de honor. Es imposible que yo desista. No os opongáis a lo que no podréis impedir.

MARGARITA. Aunque habéis desairado mi ruego, tal vez no le desaire mi esposo.

RODRIGO. Mucho alcanzáis con él: adora en vos, y lo merecéis, porque ha quince años que os empleáis en la caridad y la penitencia... Pero... ¿Os ha contado ya la muerte de Roger de Lizana?

MARGARITA. ¡Cómo! ¿Roger ha muerto?

RODRIGO. Sí, loco y mudo, según estaba; desgraciadamente según merecía; y a los pies de don Pedro, como era justo.

MARGARITA. ¡Cielos! Nada sabía de ese infeliz.

RODRIGO. Ese infeliz era muy delincuente, era el corruptor de una dama ilustre [22].

MARGARITA. ¡Don Rodrigo!

RODRIGO. La esposa más respetable entre las de Teruel.

MARGARITA. Por compasión... Si Roger ha muerto...

RODRIGO. Casi expiró en mis brazos. Yo tendí sobre el féretro su cadáver, y yo hallé sobre su corazón unas cartas...

MARGARITA. ¡Cartas!

RODRIGO. De mujer... cinco... sin firma todas. Pero

---

[22] La primera versión dice «una religiosa».

yo os las presentaré, y vos me diréis quién las ha escrito.

MARGARITA. ¡Callad! ¡Callad!

RODRIGO. Si no, acudiré a vuestro esposo: bien conoce la letra.

MARGARITA. ¡No! Dádmelas, rompedlas, quemadlas! [23]

RODRIGO. Se os entregarán; pero Isabel me ha de entregar a mí su mano primero.

MARGARITA. ¡Oh!

RODRIGO. Dios os guarde, señora.

MARGARITA. Deteneos, oídme.

RODRIGO. Para que os oiga, venid a verlas. *(Vase.)*

MARGARITA. Escuchad, escuchadme. *(Vase tras* DON RODRIGO.)

ESCENA IX

(ISABEL, *después* TERESA.)

ISABEL. ¡Qué es lo que oí! No lo he comprendido, no quiero comprender ese misterio horrible: sólo entiendo que de infeliz he pasado a más. *(Sale* TERESA.)

TERESA. Señora, un joven extranjero ha llegado a casa pidiendo que se le dejara pasar a descansar un rato...

ISABEL. Recíbele y déjame.

TERESA. Ya se le recibió, y le han agasajado con vino y magras, por señas que nada de ello ha probado, como si fuera moro o judío. Aparte de esto, es muy lindo muchacho: he trabado conversación con él, y dice que viene de Palestina.

---

[23] Se ha eliminado de la reacción de Margarita y admisión de su culpa toda referencia a la palabra adulterio.

ISABEL. ¿De Palestina?

TERESA. Yo me acordé al punto del pobre don Diego. Como os figuráis que debe estar por allá...

ISABEL. Sí. Llámale pronto. (*Vase* TERESA.) ¡Virgen piadosa! ¡Que haya sido sueño lo que pienso que oí! ¡Oh! Pensemos en el que viene de Palestina.

ESCENA X

(ZULIMA, *en traje de noble aragonés;* TERESA, ISABEL.)

ZULIMA. El cielo os guarde.
ISABEL. Y a vos
también.
ZULIMA. (*Aparte.*) Mi rival es ésta.
ISABEL. Mejor podéis descansar
en esta sala que fuera.
TERESA. Este mancebo, señora,
viene de lejanas tierras,
de Jerusalén, de Jope,
de Belén y de Judea.
ISABEL. ¿Cierto?
ZULIMA. Sí.
TERESA. Y ha conocido
allá gente aragonesa.
ZULIMA. Un caballero traté
de Teruel.
ISABEL. ¿Cuál? ¿Quién? ¿Quién era?
Su nombre.
ZULIMA. Diego Marsilla.
ISABEL. ¡Os trajo Dios a mi puerta!
¿Dónde le dejáis?
TERESA. Entonces
¿era ya rico?
ZULIMA. Una herencia

cuantiosa le dejaron
allí.

ISABEL. Pero, ¿dónde queda?

ZULIMA. Hace poco era cautivo
del rey moro de Valencia.

ISABEL. ¡Cautivo ¡Infeliz!

ZULIMA. No tanto.
La esposa del rey, la bella
Zulima, le amó.

ISABEL. ¿Le amó?

ZULIMA. ¡Sí! ¡Mucho!

TERESA. ¡Qué desvergüenza!

ISABEL. ¡Y qué! ¿No viene por eso
Marsilla donde le esperan?

TERESA. ¿Se ha vuelto moro quizá?

ZULIMA. *(Aparte.)* Ya que padecí, padezca.
Finjamos.

ISABEL. Hablad.

ZULIMA. No es fácil
resistir a una princesa
hermosa y amante: al fin
Marsilla, para con ella,
era un miserable.

TERESA. Pero
vamos, acabad...

ISABEL. *(Aparte.)* ¡Apenas
vivo!

ZULIMA. El rey llegó a saber
lo que pasaba; la reina
pudo escapar, protegida
por un bandido, cabeza
de la cuadrilla temible
que hoy anda por aquí cerca;
y Marsilla...

ISABEL. ¿Qué?

ZULIMA. Rogad
a Dios que le favorezca.

ISABEL. ¡Ha muerto! ¡Jesús, valedme! *(Desmáyase.)*

TERESA. ¡Isabel! ¡Isabel! —Buena
la habéis hecho!

ZULIMA. *(Aparte.)* Sabe amar
esta cristiana de veras;
yo sé más, yo sé vengarme.

TERESA. ¡Señora!— ¡Paula! ¡Jimena!
(A ZULIMA.) Buscad agua [24], llamad gente.

ZULIMA. *(Aparte.)* Salgamos. Con esta nueva,
se casará. *(Vase.)*

TERESA. ¡Dios confunda
la boca ruin que nos cuenta
noticia tan triste!... Pero
un prójimo que no prueba
cerdo ni vino, ¿qué puede
dar de sí? *(Salen dos criadas que traen agua.)*
Pronto aquí, lerdas.
¿Dónde estábais? A ver: dadme
el agua.

ISABEL. ¡Ay Dios! ¡Ay Teresa!

ESCENA XI

(MARGARITA, ISABEL, TERESA, *criadas.)*

MARGARITA. ¿Qué sucede?

ISABEL. ¡Ay madre mía!
Ya no es posible que venga.
Murió.

MARGARITA. ¿Quién? ¿Marsilla?

TERESA. ¿Quién
ha de ser?

ISABEL. Y ha muerto en pena
de serme infiel.

TERESA. Una mora,

[24] Pedir a Zulima que busque agua en una casa extraña, y en tales circunstancias tiene por objeto darle modo de salir de allí.

que dicen que no era fea,
la esposa del reyezuelo
valenciano, buena pieza
sin duda, nos le quitó.

ISABEL. ¡En esto paran aquellas
ilusiones de ventura
que alimentaba risueña!
Conmigo nacieron, ¡ay!
se van, y el alma se llevan.
Ese infausto mensajero,
¿dónde está? Dile que vuelva.

MARGARITA. Sí: yo le preguntaré...

TERESA. Pues como nos dé respuestas
por el estilo... Seguidme.
(Vanse TERESA *y las criadas.)*

ESCENA XII

(MARGARITA, ISABEL.)

ISABEL. ¿Quién figurarse pudiera
que me olvidara Marsilla?
¡Qué sonrojo! ¡Qué vileza!
Pero, ¿cómo ha sido, cómo
fue que no lo presintiera
mi corazón? No es verdad;
imposible que lo sea.
Se engañó si lo creyó
la Sultana de Valencia.
Sólo por volar a mí,
quebrantando sus cadenas [25],
dejó soñar a la mora
con esa falaz idea.
Mártir de mi amor ha sido,

[25] Otra alusión a las cadenas, que Zulima no ha nombrado.

que desde el cielo en que reina,
de su martirio me pide
la debida recompensa.
Yo se la daré leal,
yo defenderé mi diestra:
viuda del primer amor
he de bajar a la huesa.
Llorar libremente quiero
lo que de vivir me resta
sin que pueda hacer ninguno
de mis lágrimas ofensa.
No he de ser esposa yo
de Azagra: primero muerta.

MARGARITA. ¿Tendrás valor para?...

ISABEL. Sí,
mi desgracia me le presta.

MARGARITA. ¿Y si te manda tu padre?...

ISABEL. Diré que no.

MARGARITA. Si te ruega...

ISABEL. No.

MARGARITA. Si amenaza...

ISABEL. Mil veces
no. Podrán en hora buena,
de los cabellos asida
arrastrarme hasta la iglesia,
podrán maltratar mi cuerpo,
cubrirle de áspera jerga,
emparedarme en un claustro
donde lentamente muera:
todo esto podrán, sí; pero
lograr que diga mi lengua
un sí perjuro, no.

MARGARITA. Bien,
bien. Tu valor... me consuela.
(Aparte.) Nada oyó: mas vale así.
La culpa, no la inocencia
debe padecer. Ten siempre
esa misma fortaleza,
y no te dejes vencer,

suceda lo que suceda.
Matrimonio sin cariño
crímenes tal vez engendra.
Yo sé de alguna infeliz
que dio su mano violenta...
y... después de larga lucha...
desmintió su vida honesta.
Muchos años lleva ya
de dolor y penitencia...
y al fin le toca morir
de oprobio justo cubierta.

ISABEL. ¡Ah madre! ¿Qué dije yo?
Me olvidé, con esa nueva,
de otra desdicha tan grande
que a mi desdicha supera.

MARGARITA. ¡No te cases, Isabel!

ISABEL. Sí, madre: mi vida es vuestra:
dárosla me manda Dios,
lo manda naturaleza.

MARGARITA. ¡Hija!

ISABEL. Por fortuna mía,
Marsilla al morir me deja
el corazón sin amor
y sin lugar donde prenda.
Por más fortuna, Marsilla
de mí se olvidó en la ausencia,
y puso en otra mujer
el amor que me debiera.
Por dicha mayor, Azagra
es de condición soberbia,
celoso, iracundo: así
mis lágrimas y querellas
insufribles le serán;
querrá que yo las contenga,
no podré, se irritará,
y me matará.

MARGARITA. ¡Me aterras,
hija, me matas a mí!

ISABEL. Tengo yo cartas que lea:
puede encontrármelas.

MARGARITA. ¡Oh!
¡Si como las tuyas fueran
otras!...[26]

ISABEL. Y tengo un retrato
en esta joya. *(Saca un relicario.)*
¿Son ésas
sus facciones? Pues sabed
que, sin estudio ni regla,
de amor guiada la mano,
al primer ensayo diestra,
yo supe dar a ese rostro
semejanza tan perfecta.
Me sirvió para suplir
de Marsilla la presencia;
no le necesito ya:
mas vale que no le vea.
¡Ah!, dejadme que le bese
una vez... la última es ésta.
Tomad. ¿Veis? el sacrificio
consumo, y estoy serena,
tranquila... como la tumba.
Imitad vos mi entereza,
mi calma... y no me digáis
una palabra siquiera.
De mí vuestra fama pende:
la conservaréis ilesa.
Yo me casaré: no importa,
no importa lo que me cuesta. *(Vase.)*

[26] Recuerda de nuevo a su hija el motivo porque debe sacrificarse.

Escena XIII

(Margarita.)

Margarita. ¿Y debo yo consentir
que la inocente Isabel,
por mi egoísmo cruel,
se ofrezca más que a morir?
Pero, ¿cómo he de sufrir
que, perdida mi opinión,
me llame todo Aragón
hipócrita y vil mujer?
Mala madre me hace ser
mi buena reputación.
A todo me resignara
con ánimo ya contrito,
si al saberse mi delito,
yo sola me deshonrara.
Pero a mi esposo manchara
con ignominia mayor.
¡Hija infeliz en amor!
¡Hija desdichada mía!
Perdona la tiranía
de las leyes del honor.

Cae el telón

ACTO TERCERO

Retrete o gabinete de Isabel. Dos puertas

ESCENA PRIMERA

(ISABEL, TERESA.)

(Aparece ISABEL *ricamente vestida, sentada en un sillón junto a una mesa, sobre la cual hay un espejo de mano, hecho de metal.* TERESA *está acabando de adornar a su ama.)*

TERESA. ¿Qué os parece el tocado? Nada, ni me oye. Que os miréis os digo; tomad el espejo. *(Se le da a* ISABEL, *que maquinalmente le toma, y deja caer la mano sin mirarse.)* A esotra puerta. Miren, ¡qué trazas éstas de novia! —¡Ved qué preciosa gargantilla voy a poneros! (ISABEL *inclina la cabeza.)* Pero alzad la cabeza, Isabel. Si esto es amortajar a un difunto.

ISABEL. ¡Marsilla!

TERESA. *(Aparte.)* Dios le haya perdonado. *(Alto.)* Ea, se concluyó. Bien estáis. Ello sí, me habéis hecho perder la paciencia treinta veces.

ISABEL. ¡Madre mía!

TERESA. Si echáis menos a mi señora, ya os he dicho que no está en casa, porque para ella, la caridad es antes que todo. El juez de este año, Domingo Celladas, tenía un hijo en tierra de infieles: Jaime, ya le conocéis. Hoy, sin que hubiese noticia de que viniera, se lo han encontrado en el camino de Valencia unos mercaderes, herido y sin conocimiento. Por un rastro de sangre que iba a parar a un hoyo, se ha comprendido que debieron echarle dentro; y se cree que hasta poder salir, habrá estado en el hoyo quizá más de un día, porque las heridas no son recientes. Vuestra madre ha sido llamada para asistirle; me ha encargado que os aderece, os he puesto hecha una imagen; y ni siquiera he logrado que déis una mirada al vestido para ver si os gusta.

ISABEL. Sí: es el último.

TERESA. ¡El dulcísimo nombre de Jesús! No lo quiera Dios, Isabelita de mi alma: no lo querrá Dios; antes os hará tan dichosa como vos merecéis. Pero salid de ese abatimiento: mirad que ya van a venir los convidados a la boda, y es menester no darles que decir.

ISABEL. *(Con sobresalto.)* ¿Qué hora es ya?

TERESA. No tardarán en tocar a vísperas ahí al lado, en San Pedro. Es la hora en que salió de Teruel don Diego, y hasta que pase, mi señor no se considera libre de su promesa.

ISABEL. Sí, a esa hora, a esa hora misma partió... para nunca volver. En este aposento, allí, delante de ese balcón estaba yo, llorando sobre mi labor, como ahora sobre mis galas. Continuamente miraba a la calle por donde había de pasar, para verle; ahora no miro; no le veré. Por allí vino, dirigiendo el fogoso alazán enseñado a pararse bajo mis balcones. Por allí vino, vestida la cota, la lanza en la mano, al brazo la banda, último don de mi cariño. Hasta la dicha o hasta la tumba, me dijo. Tuya o muerta, le dije yo; y caí sin aliento en el balcón mismo, tendidas las manos hacia la mitad de mi alma que se ausentaba. ¡Suya o muerta! Y voy a dar la mano a Rodrigo. ¡Bien cumplo mi palabra!

TERESA. Hija mía, desechad esas ideas. Yo ¿qué os he de decir para consolaros? Que os he visto nacer, que habéis jugado en mis brazos, y en mis rodillas... y qué diera yo porque recobraseis la paz del alma y fuerais feliz, ¡ay! diera yo todos los días que me faltan que vivir, menos uno para verlo.

ISABEL. ¡Feliz, Teresa! Con este vestido, ¿cómo he de ser feliz! ¡Pesa tanto, me ahoga tanto!... Quítamele, Teresa. *(Levantándose.)*

TERESA. Señora, que viene don Rodrigo.

ISABEL. ¡Don Rodrigo! Busca pronto a mi madre. *(Vase* TERESA.)

ESCENA II

(DON RODRIGO, ISABEL.)

RODRIGO. Mis ojos por fin os ven
a solas, ángel hermoso.
Siempre un amargo desdén
y un recato riguroso
me han privado de este bien.

Trémula estáis: ocupad
la silla.

ISABEL. ¡Ante mi señor!

RODRIGO. Esclavo diréis mejor.
Soberana es la beldad
en el reino del amor.

ISABEL. ¡Mentida soberanía!

RODRIGO. De mi rendimiento fiel,
que dudárais no creía.
¡Si a conocer, Isabel,
llegáseis el alma mía!

ISABEL. ¿Para qué? Señas ha dado
que indican su índole bella.

RODRIGO. Mi destino desastrado
solo mostrar me ha dejado
lo deforme que hay en ella.
Un Azagra conocéis
orgulloso y vengativo;
y otro por fin hallaréis,
que en vuestro rigor esquivo
figuraros no podéis.
El Azagra que os adora,
el Azagra para vos,
aún no le visteis, señora;
y nos conviene a los dos
una explicación ahora.

ISABEL. Mis padres pueden mandar,
yo tengo que obedecer,
nada pretendo saber:
hiciera bien en callar
quien ha logrado vencer.

RODRIGO. El vencedor, que aparece
lleno ante vos de amargura,
manifestaros ofrece
que sabe lo que merece
doña Isabel de Segura.
Os vi, y en vos admiré
virtud y belleza rara:
digno de vos me juzgué,

y uniros a mí juré,
costara lo que costara.
Maldición más espantosa
no pudo echarme jamás
una lengua venenosa,
que decir: —No lograrás
hacer a Isabel tu esposa.
—Lidiaré, si es necesario,
por ella con todo el orbe,
clamaba yo de ordinario.
¡Infeliz el que me estorbe,
competidor o contrario!
En mi celoso furor
cabe hasta lo que denigre
mi calidad y mi honor.
Amo con ira de tigre...
porque es muy grande mi amor.
No el vuestro, tan delicado,
me pintéis para mi mengua:
quizá no lo haya espresado
en seis años vuestra lengua,
sin que me lo hayan contado.
Cuantas cartas escribió
Marsilla ausente, leí:
él su retrato no vio,
yo sí: junto a vos aquí
siempre tuve un guarda yo.
Ha sido mi ocupación
observaros noche y día;
y abandonaba a Monzón
siempre que lo permitía
la marcial obligación.
Viéndoos al balcón sentada
por las noches a la luna,
mi fatiga era pagada:
jamás fue mujer ninguna
de amante más respetada.
Para romper mis prisiones,
para defectos hallaros

fueron mis indagaciones;
y siempre para adoraros
encontré nuevas razones.
Seducido el pensamiento
de lisonjeros engaños,
un favorable momento
espero hace ya seis años,
y aún llegado no lo cuento.
Pero, por dicha, quizá
no deba estar muy distante.

ISABEL. ¡Qué! ¿Pensáis que cesará
mi pasión, muerto mi amante?
No; lo que yo vivirá.

RODRIGO. Pues bien, amad, Isabel,
y decidlo sin reparo;
que con ese amor tan fiel,
aunque a mí me cueste caro,
nunca me hallaréis cruel.
Mas si ese afecto amoroso,
cuya espresión no limito,
mantener os es forzoso,
yo, mi bien, yo necesito
el nombre de vuestro esposo.
No más que el nombre, y concluyo
de desear y pedir:
todas mis dichas incluyo
en la dicha de decir:
Me tienen por dueño suyo[27].
Separada habitación,
distinto lecho tendréis...
¿Queréis más separación?
vos en Teruel viviréis,
yo en la corte de Aragón.
¿Teméis que la soledad
bajo mi techo os consuma?
Vuestros padres os llevad
con vos: mudaréis en suma

[27] Cambio muy brusco que desmiente el amor proclamado antes.

de casa y de vecindad.
Nunca sin vuestra licencia
veré esos divinos ojos...
¡Ay!, dádmela con frecuencia.
Si os oprimen los enojos,
hablad, y mi diligencia
ya un festín, ya una batida,
ya un torneo dispondrá.
Si lloráis... ¡Prenda querida!
cuando lloréis, ¿qué os dirá
quien no ha llorado en su vida?
Míseros ambos, hacer
con la indulgencia podemos
menor nuestro padecer.
Ahora, aunque nos casemos,
¿me podréis aborrecer?

ISABEL. ¡Don Rodrigo! ¡Don Rodrigo! [28] *(Sollozando.)*

RODRIGO. ¡Lloráis! ¿Es porque muestro
digno de ser vuestro amigo?
¿No sufrí del odio vuestro
bastante duro el castigo?

ISABEL. ¡Oh!, no, no: mi corazón
palpitar de odio no sabe.

RODRIGO. Ni al mirar vuestra aflicción,
hay fuerza en mí que no acabe
rindiéndose a discreción.
Es ya el caso de manera,
que el infausto desposorio
viene a ser obligatorio
para ambos: lo demás fuera
dar escándalo notorio [29].
Pero el amor que os consagro,
se ha vuelto a vos tan propicio,
que si Dios en su alto juicio

---

[28] La segunda vez el texto dice «Con».

[29] El increíble cambio de Azagra lleva a hacer la boda mal común.

quiere obrar hoy un milagro...
contad con un sacrificio.
Ayer, si resucitara
mi aciago rival Marsilla,
sin compasión le matara,
y sin limpiar la cuchilla
corriera con vos al ara.
Hoy, resucitado o no,
si antes que me deis el sí,
viene... que triunfe de mí.

ISABEL. ¡Vos sí que triunfáis así
de esta débil mujer!
(El llanto le ahoga la voz por unos instantes; luego, al ver a DON PEDRO *y a los que le acompañan, se contiene, exclamando.)*
¡Oh!

ESCENA III

(DON PEDRO, DON MARTÍN, *damas, caballeros, pajes,* ISABEL, DON RODRIGO; *después,* TERESA.)

PEDRO. Hijos, el sacerdote que ha de bendecir vuestra unión, ya nos está esperando en la iglesia. Tanto mis deudos como los de Azagra me instan a que apresure la ceremonia; pero aún no ha fenecido el plazo que otorgué a don Diego. Al toque de vísperas de un domingo salió de su patria el malogrado joven, seis años y siete días hace: hasta que suene aquella señal en mi oído, no tengo libertad para disponer de mi hija[30]. *(A* DON MARTÍN.) Porque

[30] Pedro dispone fríamente de su hija reiterando que solamente cumple lo prometido, curándose en salud. Gran cambio este tam-

veáis de qué modo cumplo mi promesa, os he rogado que viniérais aquí.

MARTÍN. ¡Inútil escrupulosidad! No os detengáis. No romperá mi hijo el seno de la tierra para reconveniros.

ISABEL. *(Aparte.)* ¡Infeliz!

PEDRO. Fiel a lo que juré me verá desde el túmulo, cual me hallaría viviendo. *(Sale* TERESA.*)*

RODRIGO. Isabel deseará la compañía de su madre: pudiéramos pasar por casa del juez...

TERESA. Ahora empezaba el herido a volver en su conocimiento. Si antes de vísperas no se halla mi señora en la iglesia, es señal de que no puede asistir a los desposorios: esto me ha dicho.

PEDRO. La esperaremos en el templo. *(A* DON MARTÍN.*)* Si la pesadumbre os permite acompañarnos, venid...

MARTÍN. Excusadme el presenciar un acto que debe serme tan doloroso.

PEDRO. Estad seguro de que mientras no oigáis las campanas, no habrá dado su mano Isabel. Estos caballeros podrán atestiguar que se esperó hasta el cabal vencimiento del plazo. Marchemos [31].

ISABEL. *(Aparte.)* ¡Morada de mi pasado bien, adiós para siempre! *(Vanse todos, menos* DON MARTÍN.*)*

bién cuando en la primera versión Rodrigo llega a dejar libre a Isabel y es el padre quien la fuerza. Aquí se evitan los dos extremos, pero la acción es la misma.

[31] Pedro repite que respeta el plazo para que conste.

Escena IV

(Don Martín.)

Martín. Con pena, con celos veo yo a Isabel dirigirse al altar. Hubo un tiempo en que la tuve por hija; hoy me quitan su cariño, y ella consiente. Pero ¿qué falta hace al mísero cadáver de mi hijo la constancia de la que él amó? ¡Si su sombra necesita lágrimas, bien se puede satisfacer con las mías!

Escena V

(Adel, don Martín.)

Adel. Cristiano, busco a Martín Marsilla, que está aquí, según se me dice. ¿Eres tú?

Martín. Yo soy.

Adel. ¿Qué sabes de tu hijo?

Martín. ¡Moro! ... su muerte.

Adel. Esa noticia... ¿quién la ha traído?

Martín. Un joven forastero.

Adel. ¿En dónde para?

Martín. Apenas se detuvo en Teruel: yo no pude verle.

Adel. ¿Qué ha pasado con Jaime Celladas?

Martín. Le han herido gravemente al llegar a la villa: en su lecho yace todavía sin voz ni conocimiento.

Adel. ¿Luego tú nada sabes?

MARTÍN. ¿Qué vas a decirme?

ADEL. Acabo de averiguar que disfrazada con traje de hombre, ha entrado en Teruel Zulima, la esposa del amir de Valencia.

MARTÍN. ¿La que fue causa de la pérdida de mi hijo?

ADEL. Él la desdeñó, y ella se ha vengado mintiendo.

MARTÍN. ¿Mintiendo?

ADEL. ¡Anciano! Bendice al Señor: aún eres padre.

MARTÍN. ¡Dios poderoso!

ADEL. Tu hijo libró de un asesinato pérfido al amir de Valencia, y el Amir le ha colmado de riquezas y honores. Herido en un combate, no se le permitió caminar hasta reponerse. Jaime venía delante para anunciar su vuelta. Sígueme, y no pararé hasta poner a Marsilla en tus brazos. *(Vase.)*

MARTÍN. *(Alzando las manos al cielo, arrebatado de júbilo.)* ¡Señor! ¡Señor!

ESCENA VI

(MARGARITA, DON MARTÍN.)

MARGARITA. *(Dentro.)* ¡Isabel! ¡Isabel! *(Sale y repara en* DON MARTÍN, *que se retiraba con* ADEL.) Don Martín...

MARTÍN. *(Deteniéndose.)* Margarita, sabedlo...

MARGARITA. Sabedlo el primero. Jaime Celladas...

MARTÍN. Ese moro que veis...

MARGARITA. Ha vuelto en sí.

MARTÍN. Viene de Valencia.

MARGARITA. Jaime también.

MARTÍN. Vive mi hijo.

MARGARITA. Lo ha dicho Jaime. Corred, impedid ese casamiento. *(Óyese el toque de vísperas.)*

MARTÍN. ¡Ah! Ya es tarde.

MARGARITA. ¡Dios ha rechazado mi sacrificio!

MARTÍN. ¡Hijo infeliz!

MARGARITA. ¡Hija de mis entrañas! *(Vanse.)*

Bosque inmediato a Teruel

ESCENA VII

(MARSILLA, *atado a un árbol.)*

MARSILLA. Infames bandoleros,
que me habéis a traición acometido,
venid y ensangrentad vuestros aceros:
la muerte ya por compasión os pido.
—Nadie llega, de nadie soy oído:
vuelve el eco mis voces, y parece
que goza en mi dolor y me escarnece.
Me adelanté a la escolta que traía:
su lento caminar me consumía.
Yo vengo con amor, ellos con oro.
—Enemigos villanos,
los ricos dones del monarca moro
no como yo darán en vuestras manos:
tiene quien los defienda.
Pero las horas pasan, huye el día.
¿Qué vas a imaginar, Isabel mía?
¿Qué pensarás, idolatrada prenda,
si esperando abrazar al triste Diego
corrido el plazo ves, y yo no llego?
Mas por Jaime avisados
en mi casa estarán: pronto, azorados

con mi tardanza... Sí, ya se aproxima
gente. ¿Quién es?

Escena VIII

(Zulima, *en traje de hombre;* Marsilla.)

Zulima. Yo soy.
Marsilla. ¡Cielos! ¡Zulima!
¡Tú aquí! *(Aparte.)* ¡Presagio horrendo!
Zulima. Vecinos de Teruel vienen corriendo
a quienes más que a mí toca librarte:
yo solo en esta parte
me debo detener mientras te digo
que Isabel es mujer de don Rodrigo.
Marsilla. ¡Gran Dios! Mas no: me engañas, impostora.
Zulima. Zaén, que llega de Teruel ahora,
Zaén ha visto dar aquella mano
tan ansiada por ti.
Marsilla. Finges en vano.
Tú ignoras que mi próxima llegada
previno un mensajero.
Zulima. Tú no sabes
que un tirador certero
supo dejar tu previsión burlada,
saliéndole al camino al mensajero.
Yo hablé con Isabel, yo de tu muerte
la noticia le di, y a los bandidos
encargué que tu viaje detuvieran.
Yo, celebradas de Isabel las bodas,
te las vengo a anunciar.
Marsilla. ¿Conque ya es tarde?
Zulima. Mírame bien, y dúdalo si puedes.
Inútiles mercedes
el rey te prodigó: más he podido

prófuga yo que mi real marido.
Yo mi amor te ofrecí, bienes y honores,
y te inmolé mi fe y el ser que tengo;
tú preferiste ingrato mis rencores:
me ofendiste cruel, cruel me vengo.
Adiós: en mi partida
te dejo por ahora con la vida,
mientras padeces en el duro potro
de ver a tu Isabel en brazos de otro.
(Vase.)

ESCENA IX

(MARSILLA.)

MARSILLA. Monstruo, por cuya voz ruge el abismo,
vuelve y di que es engaño
todo lo que te oí. *(Forceja para desatarse.)*
Lazos crueles,
¿cómo me resistís? ¡Ligan cordeles
al que hierros quebró! ¿No soy el mismo?
¡Ah!, no. Mujer fatal, cortos instantes
me quedan que vivir, si no has mentido;
pero ¡permita Dios que mueras antes!

ESCENA X

(ADEL, *pasando por una altura;* MARSILLA.)

ADEL. Rumor aquí he sentido.
Atraviesan el valle bandoleros
con Zulima a caballo.

Yo, cueste lo que cueste,
la tengo de prender; voy a ver si hallo
cerca mis compañeros.

MARSILLA. ¿Quién va?

ADEL. Marsilla es éste.
(A voces.) ¡Aquí! ¡Por este lado, caballeros! *(Vase.)*

ESCENA XI

(DON MARTÍN, *caballeros, criados,* MARSILLA.)

MARTÍN. *(Dentro.)* Él es.

MARSILLA. ¡Mi padre!

VOCES. *(Dentro.)* Él es.

MARSILLA. ¡Padre!

MARTÍN. *(Dentro.)* ¡Hijo mío!
Subid, corred, volad: libradle pronto.
(Salen caballeros y criados.)

MARSILLA. Desatadme, decidme... *(Desatan a* MARSILLA.)

MARTÍN. *(Saliendo.)* ¡Hijo querido!

MARSILLA. ¡Padre!

MARTÍN. Por fin te hallé.

MARSILLA. Decid... ¿Es tarde?
Yo quisiera dudar... Mi mal, ¿es cierto?

MARTÍN. Respóndante las lágrimas que vierto.
Hijo del alma, a quien su hierro ardiente
la desgracia al nacer marcó en la frente,
tu triste padre, que por verte vive,
con dolor en sus brazos te recibe.
¿Quién tu llegada ha retardado?

MARSILLA. El cielo...
El infierno... No sé... Facinerosos...
Una mujer... Dejadme.

MARTÍN. ¿La sultana?

¿Esos bandidos que cobardes huyen
de los guerreros que conmigo traje?
¿Te han herido?

MARSILLA. ¡Ojalá!

MARTÍN. ¿Te han despojado?

MARSILLA. Nada he perdido. La esperanza solo.

MARTÍN. ¡Suerte cruel! Cuando el fatal sonido
de la campana término ponía...

MARSILLA. ¡Esa tigre anunció la muerte mía!

MARTÍN. ¿Lo sabes?

MARSILLA. De ella.

MARTÍN. ¡Horror! Entonces era
cuando Jaime, el sentido recobrando,
la traidora noticia desmentía.
Corro al templo a saber... Miro, enmu-
[dezco...
¡Eran esposos ya! Tú bien perdiste...
Dios lo ha querido así... Pero aún te que-
[dan
padres que lloren tu destino triste.

MARSILLA. El ajeno dolor no quita el mío.
¿con qué llenáis el hórrido vacío
que el alma siente, de su bien privada?
¡Padre!, sin Isabel, para Marsilla
no hay en el mundo nada.
Por eso en mi doliente desvarío
sed bárbara de sangre me devora.
Verterla a ríos para hartarme quiero,
y cuando más que derramar no tenga,
la de mis venas soltará mi acero.

MARTÍN. Hijo, modera ese furor.

MARSILLA. ¿Quién osa
hijo llamarme ya? ¡Fuera ese nombre!
La desventura quiebra
los vínculos del hombre con el hombre
y con la vida y la virtud. Ahora,
que tiemble mi rival, tiemble la mora.

Breve será su victorioso alarde:
para acabar con ambos aún no es tarde.

MARTÍN. ¡Desgraciado! ¿Qué intentas?

MARSILLA. Con el crimen
el crimen castigar. Una serpiente
se me enreda en los pies: mi pie destroce
su garganta infernal. Un enemigo
me aparta de Isabel: desaparezca.

MARTÍN. Hijo...

MARSILLA. Perecerá.

MARTÍN. No...

MARSILLA. ¡Maldecido
mi nombre sea, si la sangre odiosa
de mi rival no vierto!

MARTÍN. Es poderoso...

MARSILLA. Marsilla soy.

MARTÍN. Mil deudos le acompañan...

MARSILLA. Mi furia a mí.

MARTÍN. Merézcate respeto
ese lazo...

MARSILLA. Es sacrílego, es aleve.

MARTÍN. En presencia de Dios formado ha sido.

MARSILLA. Con mi presencia queda destruido.

CAE EL TELÓN

ACTO CUARTO

Habitación de Isabel en la casa de don Rodrigo. Dos puertas a la izquierda del espectador, una en el fondo, y una ventana sin reja a la derecha.

ESCENA PRIMERA

(DON PEDRO, DON MARTÍN.)

PEDRO. Ya cesó la vocería.
MARTÍN. Ya se tranquiliza el pueblo.
Zaén en la cárcel queda
con los demás bandoleros.
PEDRO. Milagro ha sido salvarlos
mayor que lo fue prenderlos.
MARTÍN. Y no los prenden quizá,
si no acuden tan a tiempo
los moros que de Valencia
con los regalos vinieron
de su rey para mi hijo.
¡Regalos ya sin provecho!
¡Castigue Dios a quien tiene
la culpa!
PEDRO. ¡Oh!, lo hará. Primero
que vayamos esta noche

los dos al ayuntamiento,
donde ya deben hallarse
juntos el juez y mi yerno,
¿tendréis, don Martín, a bien
que los dos conferenciemos
un rato?

MARTÍN. Hablad.

PEDRO. Aquí está
Zulima.

MARTÍN. Bien me dijeron
los moros.

PEDRO. En esta calle
arremetió con los presos
un tropel de gente; y ella,
puesta en libertad en medio
del tumulto, se arrojó
por estas puertas adentro.

MARTÍN. Confesad que don Rodrigo
la salvó.

PEDRO. No lo confieso...
porque no lo vi.

MARTÍN. Yo, en suma,
no diré que fue mal hecho:
él debe a la mora estar
agradecido en extremo.
Por ella logra la mano
de Isabel.

PEDRO. Resentimiento
justo mostráis; pero yo,
que he sido enemigo vuestro,
necesito de vos hoy.

MARTÍN. Aquí me tenéis, don Pedro.

PEDRO. Sois quien sois. Esa mujer
nos pone en terrible aprieto.
Ya veis, los moros reclaman
su entrega con mucho empeño.

MARTÍN. Y mientras el juez resuelve
cercada se ve por ellos
esta casa.

PEDRO. Y bien, ¿quisierais
que entre vos y yo de un riesgo
libráramos a Teruel?
MARTÍN. Crimen fuera no quererlo.
PEDRO. Si en la junta de la villa
negamos, como debemos,
la entrega de la sultana,
va a ser enemigo nuestro
el rey de Valencia, y puede
gravísimo daño hacernos.
MARTÍN. Y el que recibimos ambos
de su mujer, ¿es pequeño?
PEDRO. Pero es mujer, y nosotros
cristianos y caballeros.
MARTÍN. Proseguid.
PEDRO. El compromiso
queda evitado, si hacemos
que huya en el instante.
MARTÍN. Hagámoslo.
—Págueme Dios el esfuerzo
que me cuesta no vengarme.
Disponed.
PEDRO. Con un pretexto
llevad los moros de aquí.
De vos harán caso.
MARTÍN. Creo
que sí.
PEDRO. Lo demás es fácil.
Puesta ya en salvo, diremos
que ella huyó por sí.
MARTÍN. Voy pues,
y ya que la mano tiendo
al uno de los autores
de mi desventura, quiero
dársela también al otro.
Decid al dichoso dueño
de esta casa y de Isabel,
que mire en estos momentos
por su vida; que mi hijo

va, loco de sentimiento
y de furor, en su busca
por Teruel; y, ¡vive el cielo
que, doliente como está,
valor le sobra al mancebo
para vengar!... Perdonadme.
Adiós. Voy a complaceros,
y a buscarle y conducirle
esta misma noche lejos
de unos lugares en donde
vivimos los dos muriendo.
(Vase por la puerta izquierda, más cercana al proscenio.)

PEDRO. Id con Dios. —¡Padre infeliz!
¿Y nosotros? Me estremezco
al pensar en Isabel,
cuando de todo el suceso
llegue a enterarse.

ESCENA II

(TERESA, DON PEDRO.)

TERESA. *(Dentro.)* ¡Favor!
¡que me vienen persiguiendo! *(Sale.)*
PEDRO. ¡Teresa! ¿Qué hay? ¿Quién te sigue?
TERESA. Las ánimas del infierno...
las del purgatorio... No
sé cuáles; pero las veo,
las oigo...
PEDRO. Mas, ¿qué sucede?
TERESA. ¡Ay!, muerta de susto vengo.
¡Ay! Isabel me ha enviado
por mi señora corriendo,
que volvió, no sé por qué,
a la casa del enfermo;
y antes de llegar, he visto

en un callejón estrecho,
junto a la ermita caída...
¡Jesús!, convulsa me vuelvo
a casa.

PEDRO. ¿Qué viste? Di.

TERESA. Una fantasma, un espectro
todo parecido, todo,
al pobrecito don Diego.

PEDRO. Calla: no te oiga Isabel.
Guarda con ella silencio.
Marsilla ha venido, y ella
no lo sabe.

TERESA. Pero, ¿es cierto
que vive?

PEDRO. ¿No ha de ser?

TERESA. ¡Ay!
Pues otra desgracia temo.

PEDRO. ¿Cuál?

TERESA. No lo aseguraré,
por si es aprensión del miedo;
sin embargo, yo creí
ver que se llevaba el muerto
asido del brazo al novio.

PEDRO. ¡Qué dices!

TERESA. Aún traigo el eco
de su voz en los oídos.
Con alarido tremendo
decía: «Vas a morir,
has de morir. Lo veremos»,
replicaba don Rodrigo;
y echando votos y retos,
iban los dos como rayos
camino del cementerio.
Yo, señor, ya les recé
la salve y el padre nuestro
en latín.

PEDRO. Se han encontrado
y van a tener un duelo.
Esto es antes.

ESCENA III

(ISABEL, *por la segunda puerta del lado izquierdo;* DON PEDRO, TERESA.)

ISABEL. ¡Padre!
PEDRO. Aguárdame
aquí: pronto volveremos
tu madre, tu esposo y yo.
Venid, Teresa. *(Vanse los dos.)*
ISABEL. ¿Qué es esto?
¡Mi padre me deja sola,
cuando con tanto secreto
un moro me quiere hablar!
Sin duda están sucediendo
cosas extrañas aquí. *(Acércase a la segunda puerta.)*
Llegad. Al mirarle, tiemblo.

ESCENA IV

(ADEL, ISABEL.)

ADEL. Cristiana, brillante honor
de las damas de tu ley,
yo imploro, en nombre del rey
de Valencia, tu favor.
ISABEL. ¿Mi favor?
ADEL. Tendrás noticia
de que salió de su corte
Zulima, su infiel consorte,
huyendo de su justicia.

ISABEL. Sí.
ADEL. Mi señor decretó
con rectitud musulmana
castigar a la sultana,
ya que a Marsilla premió.
ISABEL. ¡Premiar!... ¿Ignoras, cruel,
que le dio muerte sañuda?
ADEL. Tú no le has visto, sin duda,
entrar como yo en Teruel.
ISABEL. ¿Marsilla en Teruel?
ADEL. Sí.
ISABEL. Mira
si te engañas.
ADEL. Mal pudiera.
Infórmate de cualquiera,
y mátenme si es mentira.
ISABEL. No es posible. ¡Ah, sí!, que siendo
mal, no es imposible nada.
ADEL. Por la villa alborotada,
tu nombre va repitiendo.
ISABEL. ¡Eterno Dios! ¡Qué infelices
nacimos! ¿Cuándo ha llegado?
¿Cómo es que me lo han callado?
Y tú, ¿por qué me lo dices?
ADEL. Porque estás, a mi entender,
en grave riesgo quizá.
ISABEL. Perdido Marsilla, ya
¿qué bien tengo que perder?
ADEL. Con viva lástima escucho
tus ansias de amor estremas;
pero aunque tú nada temas,
yo debo decirte mucho.
Marsilla a mi rey salvó
de unos conjurados moros,
el rey vertió sus tesoros
en él, y aquí le envió.
Él despreció la liviana
inclinación de la infiel...
ISABEL. ¡Oh, sí!

ADEL. Y airada con él.
vino, y se vengó villana
contando su falso fin.
ISABEL. ¡Ella!
ADEL. Con una gavilla
de bandidos, a Marsilla
detuvo, ya en el confín
de Teruel, donde veloces
corriendo en tropel armado,
le hallamos a un tronco atado,
socorro pidiendo a voces.
ISABEL. Calla, moro: no más.
ADEL. Pasa
más, y es bien que te aperciba.
La sultana fugitiva
se ha refugiado en tu casa:
en ésta.
ISABEL. ¡Aquí mi rival!
ADEL. Tu esposo la libertó.
ISABEL. ¡Ella donde habito yo!
ADEL. Guárdate de su puñal.
Por celos allá en Valencia
matar a Marsilla quiso.
ISABEL. A tiempo llega el aviso.
ADEL. Confirma tú la sentencia
que justo lanzó el amir.
Por esa mujer malvada,
para siempre separada
de Marsilla has de vivir.
Ella te arrastra al odioso
tálamo de don Rodrigo.
Envíala tú conmigo
al que le apresta su esposo,
pena digna del ultraje
que siente.
ISABEL. Sí, moro: salga
pronto de aquí, no le valga
el fuero del hospedaje.
Como perseguida fiera

entró en mi casa: pues bien,
al cazador se la den,
que la mate donde quiera.
Mostrarse de pecho blando
con ella, fuera rayar
en loca: voy a mandar
que la traigan arrastrando.
Sean de mi furia jueces
cuantas pierdan lo que pierdo.
¡Jesús! Cuando yo recuerdo
que hoy pude... ¡Jesús mil veces!
No le ha de valer el llanto,
ni el ser mujer, ni ser bella,
ni reina. ¡Si soy por ella
tan infeliz! ¡Tanto, tanto!...
Dime, pues, di: tu señor,
¿qué suplicio le impondrá?

ADEL. Una hoguera acabará
con su delincuente amor.

ISABEL. ¡Su amor! ¡Amor desastrado!
Pero es amor...

ADEL. Y ¿es bastante
esa razón?...

ISABEL. ¡Es mi amante
tan digno de ser amado!
Le vio, le debió querer
en viéndole. ¡Y yo que hacía
tanto que no le veía...
y ya no le puedo ver!
Moro, la víctima niego
que me vienes a pedir:
quiero yo darle a sufrir
castigo mayor que el fuego.
Ella con feroz encono
mi corazón desgarró...
me asesina el alma... yo
la defiendo, la perdono. *(Vase.)*

Escena V

(Adel.)

Adel. He perdido la ocasión.
Suele tener esta gente
acciones, que de un creyente
propias en justicia son.
Yo dejara con placer
este empeño abandonado;
pero el amir lo ha mandado,
y es forzoso obedecer. *(Vase.)*

Escena VI

(Marsilla, *por la ventana.)*

Marsilla. Jardín... una ventana... y ella luego.
Jardín abierto hallé y hallé ventana;
mas ¿dónde está Isabel? Dios de clemen-
[cia,
detened mi razón, que se me escapa;
detenedme la vida, que parece
que de luchar con el dolor se cansa.
Siete días hace hoy, ¡qué venturoso
era en aquel salón! Sangre manaba
de mi herida, es verdad; pero agolpados
alrededor de mi lujosa cama,
la tierna historia de mi amor oían
los guerreros, el pueblo y el monarca,
y entre piadoso llanto y bendiciones —
Tuya será Isabel — juntos clamaban
súbditos y señor. Hoy no me ofende

mi herida, rayos en mi diestra lanza
el damasquino acero... No le traigo...
¡y hace un momento que con dos me ha-
[llaba!
Salvo en Teruel y vencedor, ¿qué angustia
viene a ser ésta que me rinde el alma,
cuando acabada la cruel ausencia,
voy a ver a Isabel?

ESCENA VII

(ISABEL, MARSILLA.)

ISABEL. Por fin se encarga
mi madre de Zulima.
MARSILLA. ¡Cielo santo!
ISABEL. ¡Gran Dios!
MARSILLA. ¿No es ella?
ISABEL. ¡Él es!
MARSILLA. ¡Prenda adorada!
ISABEL. ¡Marsilla!
MARSILLA. ¡Gloria mía!
ISABEL. ¿Cómo, ¡ay!, cómo
te atreves a poner aquí la planta?
si te han visto llegar... ¿A qué has venido?
MARSILLA. Por Dios... que lo olvidé. Pero ¿no basta,
para que hacia Isabel vuele Marsilla,
querer, deber, necesitar mirarla?
¡Oh!, ¡qué hermosa a mis ojos te presen-
[tas!
Nunca te vi tan bella, tan galana...
y un pesar sin embargo indefinible
me inspiran esas joyas, esas galas.
Arrójalas, mi bien; lana modesta,
cándida flor, en mi jardín criada,
vuelvan a ser tu virginal adorno:
mi amor se asusta de riqueza tanta.

ISABEL. *(Aparte.)* ¡Delira el infeliz! Sufrir no puedo
su dolorida, atónita mirada.
¿No entiendes lo que indica el atavío,
que no puedes mirar sin repugnancia?
nuestra separación.

MARSILLA. ¡Poder del cielo!
Sí. ¡Funesta verdad!

ISABEL. ¡Estoy casada!

MARSILLA. Ya yo sé. Llegué tarde. Vi la dicha,
tendí las manos, y voló al tocarla.

ISABEL. Me engañaron: tu muerte supusieron
y tu infidelidad.

MARSILLA. ¡Horrible infamia!

ISABEL. Yo la muerte creí.

MARSILLA. Si tú vivías,
y tu vida y la mía son entrambas
una sola no más, la que me alienta
¿cómo de ti sin ti se separara?
Juntos aquí nos desterró la mano
que gozo y pena distribuye sabia:
juntos al fin de la mortal carrera
nos toca ver la celestial morada.

ISABEL. ¡Oh!, ¡si me oyera Dios!...

MARSILLA. Isabel, mira,
yo no vengo a dar quejas: fueran vanas.
Yo no vengo a decirte que debiera
prometerme de ti mayor constancia,
cumplimiento mejor del tierno voto
que invocando a la Madre Inmaculada,
me hiciste amante la postrera noche
que me apartó de tu balcón el alba.
¡Para ti (sollozando me decías),
o si no, para Dios! ¡Dulce palabra,
consoladora fiel de mis pesares
en los ardientes páramos del Asia
y en mi cautividad! Hoy ni eres mía,
ni esposa del Señor. Di, pues, declara
(esto quiero saber) de qué ha nacido

el prodigio infeliz de tu mudanza.
Causa debe tener.

ISABEL. La tiene.

MARSILLA. Grande.

ISABEL. Poderosa, invencible: no se casa
quien amaba cual yo, sino cediendo
a la fuerza mayor en fuerza humana.

MARSILLA. Dímelo pronto, pues, dilo.

ISABEL. Imposible.
No has de saberlo.

MARSILLA. Sí.

ISABEL. No.

MARSILLA. Todo.

ISABEL. Nada.
Pero tú en mi lugar también el cuello
dócil a la coyunda sujetaras.

MARSILLA. Yo no, Isabel, yo no. Marsilla supo
despreciar una mano soberana
y la muerte arrostrar, por quien ahora
la suya vende y el porqué le calla.

ISABEL. *(Aparte.)* ¡Madre, madre!

MARSILLA. Responde.

ISABEL. *(Aparte.)* ¿Qué le digo?
Tendré que confesar... que soy culpada.
¿Cómo no lo he de ser? Me ves ajena.
Perdóname... Castígame por falsa, *(Llora.)*
mátame, si es tu gusto... Aquí me tienes,
para el golpe mortal arrodillada.

MARSILLA. Ídolo mío, no; yo sí que debo
poner mis labios en tus huellas. Alza.
No es de arrepentimiento el lloro triste
que esos luceros fúlgidos empaña;
ese llanto es de amor, yo lo conozco,
de amor constante, sin doblez, sin tacha,
ferviente, abrasador, igual al mío.
¿No es verdad, Isabel? Dímelo franca:
va mi vida en oírtelo.

ISABEL. ¿Prometes
obedecer a tu Isabel?

MARSILLA. ¡Ingrata!
¿Cuándo me rebelé contra tu gusto?
Mi voluntad ¿no es tuya? Dispón, habla.
ISABEL. Júralo.
MARSILLA. Sí.
ISABEL. Pues bien... Yo te amo. Vete.
MARSILLA. ¡Cruel! ¿Temiste que ventura tanta
me matase a tus pies, si su dulzura
con venenosa hiel no iba mezclada?
¿Cómo ésas dos ideas enemigas
de destierro y de amor hiciste hermanas?
ISABEL. Ya lo ves, no soy mía; soy de un hombre
que me hace de su honor depositaria,
y debo serle fiel. Nuestros amores
mantuvo la virtud libres de mancha:
su pureza de armiño conservemos.
Aquí hay espinas, en el cielo palmas.
Tuyo es mi amor y lo será: tu imagen
siempre en el pecho llevaré grabada,
y allí la adoraré: yo lo prometo,
yo lo juro; mas huye sin tardanza.
Libértame de ti, sé generoso:
libértate de mí...
MARSILLA. No sigas, basta.
¿Quieres que huya de ti? Pues bien, te [dejo.
Valor... y separémonos. En paga,
en recuerdo si no, de tantas penas
con gozo por tu amor sobrellevadas,
permite, Isabel mía, que te estrechen
mis brazos una vez...
ISABEL. Deja a la esclava
cumplir con su señor.
MARSILLA. Será el abrazo
de un hermano dulcísimo a su hermana,
el ósculo será que tantas veces
cambió feliz en la materna falda
nuestro amor infantil.
ISABEL. No lo recuerdes.

MARSILLA. Ven...
ISABEL. No: jamás.
MARSILLA. En vano me rechazas.
ISABEL. Deténte... o llamo...
MARSILLA ¿A quién? ¿A don Rodrigo?
No te figures que a tu grito salga.
No lisonjeros plácemes oyendo,
su vanidad en el estrado sacia,
no; lejos de los muros de la villa,
muerde la tierra que su sangre baña.
ISABEL. ¡Qué horror! ¿Le has muerto?
MARSILLA. ¡Pérfida! ¡Te afliges!
Si lo llego a pensar, ¿quién le librara?
ISABEL. ¿Vive?
MARSILLA. Merced a mi nobleza loca,
vive: apenas cruzamos las espadas,
furiosa en él se encarnizó la mía:
un momento después, hundido estaba
su orgullo en tierra, en mi poder su ace- [ro.
¡Oh!, ¡maldita destreza de las armas!
¡Maldito el hombre que virtudes siembra,
que le rinden cosecha de desgracias!
No más humanidad, crímenes quiero.
A ser cruel tu crueldad me arrastra,
y en ti la he de emplear. Conmigo ahora
vas a salir de aquí.
ISABEL. ¡No, no!
MARSILLA. Se trata
de salvarte, Isabel. ¿Sabes qué dijo
el cobarde que lloras desolada,
al caer en la lid? Triunfante quedas;
pero mi sangre costará bien cara.
ISABEL. ¿Qué dijo? ¿Qué?
MARSILLA. Me vengaré en don Pedro,
en su esposa, en los tres: guardo las car- [tas.
ISABEL. ¡Jesús!

MARSILLA. ¿Qué cartas son?...
ISABEL. ¡Tú me has perdido!
La desventura sigue tus pisadas.
¿Dónde mi esposo está? ¡Dímelo pronto,
para que fiel a socorrerle vaya,
y a fuerza de rogar venza sus iras!
MARSILLA. ¡Justo Dios! ¡Y decía que me amaba!
ISABEL. ¿Con su pasión funesta reconvienes
a la mujer del vengativo Azagra?
¡Te aborrezco! *(Vase.)*

ESCENA VIII

(MARSILLA.)

MARSILLA. ¡Gran Dios! Ella lo dice.
Con furor me lo dijo: no me engaña.
Ya no hay amor allí. Mortal veneno
su boca me arrojó, que al fondo pasa
de mi seno infeliz, y una por una,
rompe, rompe, me rompe las entrañas!
Yo con ella, por ella, para ella
viví... Sin ella, sin su amor, me falta
aire que respirar... ¡Era amor suyo
el aire que mi pecho respiraba!
Me le negó, me le quitó: me ahogo,
no sé vivir.
VOCES. *(Dentro.)* Entrad, cercad la casa.

ESCENA IX

(ISABEL, *trémula y precipitada;* MARSILLA.)

ISABEL. Huye, que viene gente, huye.
MARSILLA. *(Todo trastornado.)* No puedo.
VOCES. *(Dentro.)* ¡Muera, muera!
MARSILLA. Eso sí.
ISABEL. Ven.

MARSILLA. ¡Dios me valga!
(ISABEL *le ase la mano y se entra con él por la puerta del fondo.)*

ESCENA X

*(*ADEL, *huyendo de varios caballeros con espadas desnudas;* DON PEDRO, MARGARITA, *criados;* ISABEL, MARSILLA, *dentro.)*

CABALLEROS. ¡Muera, muera!
PEDRO. / MARGARITA. Escuchad.
ADEL. Aragoneses,
yo la sangre vertí de la sultana;
pero el rey de Valencia, esposo suyo,
tras ella me envió para matarla.
Consorte criminal, amante impía,
la muerte de Marsilla maquinaba,
la muerte de Isabel...
ISABEL. *(Dentro.)* ¡Ay!
ADEL. Ved en prueba
esta punta sutil envenenada.
(Muestra el puñal de Zulima.)
Marsilla lo que digo corrobore.
Cerca de aquí ha de estar.
(Ábrese la puerta del fondo, y sale por ella ISABEL, *que se arroja en brazos de* MARGARITA. MARSILLA *aparece caído en un escaño.)*

ESCENA XI

(ISABEL, *dichos*.)

ISABEL. ¡Madre del alma!
ADEL. Vedle allí...
MARGARITA. ¡Santo Dios!
PEDRO. Inmóvil...
ISABEL. ¡Muerto!
ADEL. Cumplió Zulima su feroz venganza.
ISABEL. No le mató la vengativa mora.
Donde estuviera yo, ¿quién le tocara?
Mi desgraciado amor es quien le mata.
Delirante le dije: Te aborrezco:
él creyó la sacrílega palabra,
y expiró de dolor.
MARGARITA. Por todo el cielo...
ISABEL. El cielo que en la vida nos aparta,
nos unirá en la tumba.
PEDRO. ¡Hija!
ISABEL. Marsilla
un lugar a su lado me señala.
MARGARITA. ¡Isabel!
PEDRO. ¡Isabel!
ISABEL. Mi bien, perdona
mi despecho fatal. Yo te adoraba.
Tuya fui, tuya soy: en pos del tuyo
mi enamorado espíritu se lanza.
(Dirígese adonde está el cadáver de MARSILLA; *pero antes de llegar, cae sin aliento con los brazos tendidos hacia su amante.)*

FIN